艶女将

睦 月 影 郎

幻冬舎アウトロー文庫

艶女将

目次

第一章　女将の手ほどきに昇天

一

「余吉《よきち》、これ直して」

千代《ちよ》が、離れにある余吉の仕事場に来て、簪《かんざし》を差し出して言った。

余吉は、作業中の文机《ふづくえ》に急いで風呂敷を掛けて隠し、簪を受け取った。見ると飾りの金具が取れかかっている。余吉はすぐに直してやった。

十八歳になる余吉は、この一年余り、ここ浅草にある鶴屋《つるや》という小間物屋の離れに居候している。

家は、神田で根付け職人をしていたが、去年（宝暦《ほうれき》十年二月）の明石屋《あかしや》火事で焼失、二親と兄たちを失った。

この大火は、神田旅籠町《はたごちょう》の足袋商明石屋から出火、中村座や市村座、永代橋などを焼き、翌日になってようやく深川洲崎で鎮火、類焼は一二八町に及んだのであった。

命からがら助かったものの、家は借家だったため、余吉は天涯孤独となってしまった。憐《あわ》れに思い、離れに住まわせてくれたのが、取引のあった鶴屋の女将《おかみ》、菊枝《きくえ》だった。

余吉は小僧のつもりで、朝夕は部屋や庭の掃除をするものの、菊枝は彼の職人としての腕を買い、一日の大部分は根付けや土産物の作業をさせてくれた。

鶴屋は、簪や櫛《くし》、女物の小間物などを扱っている。手先が器用で絵も上手い余吉は何かと重宝されるようになった。

一人娘の千代は十七歳、笑窪《えくぼ》の愛くるしい美少女であるが、何しろ意地悪で、居候の余吉を何かと構うのだった。理由もなく、余吉の頬をつねったり、腕を引っ搔《か》いたりするのである。

しかし余吉は可憐な娘に触れられるのが嬉しく、密かに胸を高鳴らせながら、されるままじっとしているのが常だった。

そろそろ婿《むこ》取りの話も出ている千代は、手習いの仲間と芝居や茶会に行ったりする気ままな暮らしが終わりに近づき、何かと苛《いら》つくことが多いのだろう。要するに、大店《おおだな》の我《わ》が儘《まま》なお嬢様なのだった。

婿養子の父親は先年病死していた。三十八になる菊枝は後家である。

「はい、直りました」

余吉が差し出すと、千代は簪を受け取ったが、まだ部屋を出て行かなかった。

彼女は簪を髪に挿《さ》し、袂《たもと》から紙の包みを取り出した。広げると、中には最中《もなか》が一個入っていた。

「あげるわ」

「あ、有難うございます……」

いつになく優しい千代の言葉に戸惑いながら答えると、

「口をお開け」

彼女は最中を一口かじり、咀嚼《そしやく》してから顔を差し出してきた。

思いがけない展開に、余吉は股間を疼《うず》かせながら恐る恐る口を開いた。

手すさびを覚えて一年、今では夜毎《よごと》に、いけないと思いつつ菊枝と千代の美しい母娘を思いながら熱い精汁を放っていたのだ。

千代は立ったまま愛らしい唇をすぼめ、間から唾液混じりの最中を彼の口に吐き出してきた。

舌に受けて味わうと、生温かな唾液に薄まった餡《あん》の甘さが口中に広がった。

まだ彼女が顔を寄せているので、余吉は夢中で飲み込んだ。さらに千代は、残滓《ざんし》混じりの唾液をトロリと垂らしてきたのだ。

それも受け止め、小泡混じりの粘液を飲み込むと、彼は危うく射精してしまいそうな高まりに見舞われた。こんなに近くで千代の顔を見上げたのは初めてだし、可憐な口から洩《も》れる唾液を飲むことが出来たのだ。しかも、湿り気ある甘酸っぱい息まで悩ましく鼻腔《びこう》を刺激してきた。

「美味しい？」

「はい……」

「残りも欲しいでしょう」

千代は言い、かじった最中の余りを何と足の指に挟み、彼の鼻先に差し出してきたのである。よほど今日は虫の居所が悪いのか、いや、ことさらに余吉と関わっていたい波が押し寄せているようだった。

むろん拒むことは出来ない。むしろ余吉は舞い上がってしまうのを抑えるのに必死だった。

千代はよろけないよう壁に手を突き、余吉も彼女が疲れないように両手でそっと脚を押し包むようにして踵《かかと》を支えてやった。

初めて触れる美少女の足の感触に胸を高鳴らせ、余吉は指に挟まれた余りの最中を食べ、急いで咀嚼して飲み込むと、餡の付いた指の股にも舌を這《は》わせた。

「う……」

爪先《つまさき》をしゃぶられ、千代は小さく息を詰めて身を強《こわ》ばらせたが、拒みはしなかった。

指の股はほんのり汗と脂に湿り、少々蒸れた匂いも感じられ、余吉は目眩《めまい》を起こしそうなほどの興奮に包まれた。桜色の爪を舐《な》め、餡に汚れていない他の指まで恐る恐る味わってしまった。

「お前、嫌じゃないの？　こんな犬みたいな真似をさせられて。よほど追い出されるのが怖いのね」

千代は喘《あえ》ぎを抑えるように息を詰めて言い、やがて疲れたように足を下ろした。

余吉は、千代が出て行けば、まだ昼間だが急いで手すさびしてしまおうと思ったが、まだ彼女は出て行かなかった。

「それよりお前、何を隠したの。いま何の仕事をしているの？」

千代が言う。彼が文机に風呂敷を掛けたのを目ざとく見ていたのだ。

「いえ、これは女将さんから内密に頂いた仕事ですので……」

余吉は、見られないよう風呂敷を押さえつけた。

「何よ、私には見せられないというの！」

千代は目を吊り上げ、傍らに座って彼の手を引き離そうとした。

「手をお離しよ」

「いいえ、いけません。女将さんからの言いつけで、誰にも見せるなと」

いつになく逆らう様子に苛立ったか、千代は彼の袖をまくり、二の腕に思い切り歯を立ててきた。

「あ……」

余吉は、彼女の大胆な仕草に思わず声を洩らした。

二の腕には以前に引っ掻かれた傷が残っているが、嚙《か》まれたのは初めてだ。人を犬のようにと言いながら、自分も獣のように嚙みついてきたのである。

千代は、母親の菊枝の前では淑《しと》やかで物分かりの良い娘を演じている。余吉への攻撃も外から見えない部分に限られていた。とくに二の腕は、最も多く彼女の爪痕《つめあと》が残されている。

無垢《むく》な唇が二の腕に触れ、熱い息が肌をくすぐってきた。白く健康的な歯が食い込み、唾液の湿り気も感じられた。

余吉は甘美な痛みと快感に、ますます激しく勃起してしまった。

千代は高ぶりに任せたまま、渾身の力で嚙んでいたが、やがて顎《あご》が疲れたように口を離した。見ると唾液に濡れた肌には、くっきりと半月形の歯形が向かい合わせに印され、皮が破れてうっすらと血が滲《にじ》んでいた。

余吉が歯形を見つめ、痛みの余韻に浸っていると、その隙《すき》に千代がさっと風呂敷を取り除いてしまった。

「まあ……！」

そこにあったのは、作りかけの根付けと、参考に開かれた春本であった。

春本は、四十八手を描いたもので、ちょうど彼が作っていたものは、『逆さ椋鳥《むくどり》』という体位で、女上位で男女が互いの股間を舐め合っている形だったのである。大店の隠居などには、こうした注文をする好事家《こうずか》がいるのだった。

先日、菊枝から春本を渡され、

「余吉。誰にも内緒で頼みたいんだけどね、お得意からの注文で、まずこれを作って欲しいんだよ」

秘密めくように囁《ささや》かれた。そのときも余吉は激しく勃起したものだった。

菊枝も決まり悪かったのか、それだけ言って離れを出て行ってしまった。それから余吉は黙々と作り続けていたのだ。

とにかく、作りかけの根付けと、開かれた男女のカラミに、千代は目を見張っていた。

「何で股を舐め合うのよ……」

「私もまだ何も知りませんが、たぶん、好き同士なら気持ち良いからだと思います……」

余吉は、急に神妙な顔つきになって言う千代に答えた。

「だって、ゆばりを出すところじゃないの……」

千代は、さっきまでの勢いも失《う》せ、すっかり毒気を抜かれたようだった。まあ十七ともなれば手習いの仲間と、女同士で際どい話題も出るのだろうが、単に口吸いをして陰戸《ほと》をいじり、すぐ交接するぐらいの知識しかないようだ。

余吉もまだ完全な無垢ではあるが、兄が隠していた春本などを読みふけっており、色事の様々な愛撫《あいぶ》の知識はあった。

「さあ、もうよろしいでしょう」

余吉は言って春本を閉じ、再び作業中の根付けに風呂敷を掛けて隠した。

「ねえ余吉、もし私の陰戸をお舐めと言ったら、舐められる……？」

千代が、らしくもなく恐る恐る言った。

「もちろん、言いつけには逆らえませんので」

余吉は、まさか舐めさせてくれるのだろうかと胸を高鳴らせた。

「そこに寝て……」

千代が言うので、彼も素直に畳に仰向《あおむ》けになった。すると千代は立ち上がり、彼の顔の近くに立ち、緊張と興奮に上気した顔で見下ろした。

今日は、口に入れた最中を食べさせ、足を舐めさせ、さらに腕に嚙みついた。彼女も相当に好奇心を高めていたのだろう。

しかし千代は何度も足を浮かせて余吉の顔に跨《また》がろうとしたが、どうしても出来ず、やがて無言で逃げるように離れを出て行ってしまったのだった。

二

「うん、だいぶ出来てきたわね」

離れに来た菊枝は、行燈《あんどん》をかざし完成間近な根付けを見て言った。

店仕舞いをし、通いの奉公人も帰って夕餉《ゆうげ》を終えたところだった。戸締まりも済ませ、あとは寝るばかりなので菊枝も寝巻姿である。

千代も、もう自室で休んでしまったことだろう。

今日、千代が離れを出て行ってから、急いで手すさびしようと思ったが、仕事も遅れているし夕刻の掃除もあるので、夜の楽しみにしていたのだ。

床を敷き延べ寝巻に着替え、そろそろ行燈を消そうかという折りに菊枝が来たのである。

しげしげと卑猥な根付けを見る菊枝の様子を、余吉はそっと窺《うかが》っていた。

三十八になる菊枝は、余吉の亡母と同い年だが、何しろ若作りだった。顔立ちが整い、透けるように色白で、しかも胸も腰も実に豊満で艶《なま》めかしい。今も、ややもすれば胸元がはだけ、谷間と膨らみがはみ出しそうになっている。

離れには、熟れた女の体臭が甘ったるく籠《こ》もっていた。手すさびしようとしていた折りだけに、余吉の一物は最大限に膨張してしまった。

「あとは、上に跨がっている女の陰戸だけだけれど、やはり難しいかい？」

「は、はい……、どうにも、春画の手本だけではよく分からず……」

「そう、まだ無垢なんだね。でも、これからも四十八手の根付けを色々作ってもらうのだから……」

菊枝が、根付けを文机に置き、余吉に向き直った。

「恥ずかしいけれど、私のを見てみるかい？」

余吉は夢ではないかと思った。

「そ、それは、出来ることでしたら是非《ぜひ》……」

「いいかい？　見るだけだよ」

菊枝は布団の方に行燈を移動させて、帯を解《ほど》きはじめた。

「お前もお脱ぎ」

「え……」

「私だけでは恥ずかしいからね」

菊枝はそう言って、寝巻を脱ぎはじめた。余吉も、あまり見つめているのも気が引け、自分も手早く帯を解いて寝巻を脱ぎ去った。

「お待ち……、どうしたんだい、これ……」

一糸まとわぬ姿になった菊枝は、急に声を硬くし、余吉の腕を摑《つか》んだ。

「あ……」

そこは引っ掻き傷だらけのうえ、今日嚙まれたばかりの歯形が痛々しく印されていたのだ。

「うちの猫娘がやったんだね？」

菊枝が言う。真剣な口調に、猫娘という言い回しが何やらおかしかった。

確かに、嚙んだり引っ掻いたり、気まぐれで相手によって態度も変わる千代は猫のようだった。いかに千代の外面《そとづら》が良くても、母親の菊枝はむろん、娘の性格の裏表ぐらい知っているのだろう。

「こんなにされて……」

　菊枝が、言いながらそっと歯形を撫《な》でてくれた。まだ痛みの残る部分に、熟れた後家の指が這い、何とも心地よかった。

「大丈夫です……」

「堪忍しておくれよ。あの子は大好きだった父親が死んで、私はろくに躾《しつけ》もせず店を切り盛りしていたから……。それよりお前、これ……！」

　と、また菊枝の口調が変わり、彼の股間に視線が釘付けになった。

　余吉は神妙に正座していたが、隠しようもなく下帯の股間が激しく突き立っているのを見られたのだ。

「横におなり。先に見せて……」

　菊枝は彼を押しやって布団に仰向けにさせ、下帯を解き放ってしまった。

　若々しい一物が屹立し、光沢のある亀頭が張り詰め、鈴口からはうっすらと粘液も滲んでいた。

「こんなに大きくなって……、お前、私に淫気を……？」

「申し訳ありません……、どうにも……」

「知らないのだから無理もないよ。でも、こんなになっていたら落ち着かないだろう。たまに、自分で出しているのかい？」

「は、はあ……、毎晩何度か……」

「そんなに？　日に一度でも多いのに、何度もだって……？」

菊枝は言いながら、そっと触れてきた。

見られているだけで高まっているのに、さらに指が幹に這い、やんわりと握られて余吉は今にも漏らしそうに腰をくねらせた。

「硬いわ……」

菊枝は、感触を確かめるようにニギニギと指を動かした。

「お、女将さん……、もう……」

「いきそうかい？　いいよ、一番濃いのを一度出してすっきりして」

そして、とうとう屈《かが》み込んでパクッと亀頭をくわえてしまった。

「ああ……！」

余吉は夢のような快感に喘ぎ、股間に籠もる美女の息を感じながら、急激に絶頂を迫らせて悶《もだ》えた。

しかし一方で、少しでも長く味わいたくて、必死に我慢をした。

菊枝はチロチロと舌を這わせ、鈴口から滲む粘液を舐め取ってくれた。そして手のひらでふぐりを包み込み、二つの睾丸を弄《もてあそ》びながら付け根を指で揉《も》み、さらにモグモグと喉の奥まで肉棒を呑み込んでいった。

彼女の口の中は温かく、熱い鼻息が恥毛をそよがせ、ぽってりした肉厚の唇が幹を丸く締め付けた。内部ではクチュクチュと舌が蠢《うごめ》き、たちまち一物全体は美女の唾液に生温かくまみれた。

「ンン……」

菊枝も次第に興奮を高めたように熱く鼻を鳴らし、上気した頬をすぼめて吸い付いた。

恐る恐る股間を見ると、美女が淫《みだ》らに一物をしゃぶり、豊かな乳房が艶めかしく息づいていた。

「い、いけません、女将さん……」

彼女の口を汚してはいけないと思って口走りつつ、それとは裏腹に身体《からだ》が反応し、思わず無意識にズンズンと股間を突き上げてしまった。

すると菊枝も、それに合わせて顔を上下させ、唾液に濡《ぬ》れた口でスポスポと強烈な摩擦を開始したのである。

「い、いく……、アアッ……！」

もう限界だった。余吉は、まるで全身が美女の口に含まれ、唾液にまみれ舌で転がされているような快感に包まれ、とうとう昇り詰めて喘いだ。

同時に、ありったけの熱い精汁が、ドクンドクンと勢いよくほとばしり、菊枝の喉の奥を直撃した。

「ク……」

菊枝は小さく呻《うめ》きながらも噴出を受け止め、舌の蠢きと吸引を続行してくれた。

美女の口に射精して良いものだろうかというためらいも、たちまち大きな快感となり、余吉は溶けてしまいそうな快感に身悶えながら、心置きなく最後の一滴まで出し尽くしてしまった。

硬直を解いてグッタリと身を投げ出すと、菊枝も濃厚な愛撫を止め、亀頭を含んだまま口に溜《た》まったものをゴクリと飲み込んでくれた。

「あう……」

嚥下《えんか》とともに口腔がキュッと締まり、余吉は駄目押しの快感とともに、恐ろしいほどの感激に包まれて呻いた。

口に出して飲んでもらうなど、春本だけの絵空事か、あるいは大店の金持ちが遊女相手に大枚をはたかなければ出来ないことと思っていたが、菊枝は亡夫にもこうした行為をしていたのかも知れない。

全て飲み干した菊枝は、ようやくスポンと口を引き離し、なおも余りをしごくように幹を握り、鈴口から滲んだ雫《しずく》まで丁寧に舐め取ってくれた。

「アア……」

余吉は、射精直後で過敏になった亀頭をヒクヒクさせ、腰をよじって喘いだ。

やがて菊枝がヌラリと舌なめずりし、大仕事でも終えたように太い息を吐いてから添い寝してきた。

「すごく濃くて多いわ……」

菊枝が甘く囁き、いつまでも激しい動悸《どうき》の去らぬ余吉は、心地よい脱力感の中、甘えるように腕枕してもらった。そして呼吸を整えたが、余韻に浸る余裕もなく、すぐにもまた勃起してきてしまった。

菊枝も優しく胸に抱いてくれ、余吉は甘ったるい汗の匂いに包まれた。

「ね、陰戸を見せてあげる前に、お乳を吸って……」

彼女が囁き、豊かな膨らみと色づいた乳首を彼の鼻先に突きつけてきた。

余吉もチュッと吸い付き、コリコリと硬くなった乳首を舌で転がした。

「ああ……、いい気持ち……」

菊枝がうっとりと喘ぎ、彼の顔に膨らみ全体を押しつけてきた。

余吉は、搗《つ》きたての餅《もち》のように柔らかく生温かな乳房に顔中を埋め込み、心地よい窒息感に包まれながら夢中で吸い付いていった。

三

「こっちも……。女を抱くときは、必ず両方吸うのよ……」

菊枝が、やんわりと彼の顔を移動させて言い、仰向けになった。

余吉ものしかかるように、もう片方の乳首に吸い付き、顔中を押しつけて感触を味わい、ほんのり汗ばんだ胸の谷間や腋《わき》から漂う体臭にうっとりと酔いしれた。

やがて両の乳首を交互に味わい、充分に愛撫するとすっかり菊枝の息も熱く弾み、豊満な熟れ肌がうねうねと艶めかしく波打った。

「ね、女将さん、お願いがあります……」

「なに……」

余吉が言うと、菊枝が気怠《けだる》げに答えた。

「陰戸を見せて頂く前に、身体中に触れても良いでしょうか」

「いいわ。出して落ち着いたところだろうし、これからも四十八手の多くを作ってもらうのだから、女の身体を隅々まで好きなようにいじってみなさい」

胸を高鳴らせながら余吉は彼女の腋の下に顔を埋め込んだ。色っぽい腋毛に鼻を擦りつけて嗅《か》ぐと、乳に似た甘ったるい汗の匂いが鼻腔を満たし、彼はうっとりと酔いしれた。

「アア……、くすぐったいわ……、汗臭いだろうに……」

菊枝も拒まず、熱く喘ぎながら悶え、さらに濃い匂いを揺らめかせた。

余吉は脇腹を舐め下り、真ん中に戻って臍《へそ》を舐め、柔らかく滑らかな腹部に顔中を押しつけ、心地よい弾力と温もりを味わった。

そして腰からムッチリとした太腿《ふともも》へ舌で下降し、脚を舐め下りていった。

舌だけでなく、両手でも撫でて肌触りを確認し、脂の乗った熟れ肌の感触を隅々まで堪能した。

丸い膝小僧から滑らかな脛《すね》を舌と指で這い下り、とうとう足の裏にも顔を押しつけ、踵から土踏まずまで舐め回してしまった。指の股に鼻を割り込ませて嗅ぐと、そこは汗と脂に湿り、蒸れた匂いが濃く籠もっていた。

思わず爪先にしゃぶり付き、指の間にヌルッと舌を挿し入れると、

「あう……、莫迦《ばか》ね、汚いのに……」

菊枝は言いながらも身を投げ出し、好きにさせてくれた。

余吉は全ての指の股を舐め、昼間千代の足を舐めたことを思い出した。まさか同じ日に、美しい母娘の両方に触れられるなど夢にも思わなかったものだ。

「ああ……、くすぐったくて、いい気持ち……」

菊枝も、次第に夢中になり彼の口の中で唾液に濡れた指を震わせた。

余吉はもう片方の足も充分にしゃぶり、味と匂いが薄れるまで貪《むさぼ》った。

そして股間へ行きたいという逸《はや》る気持ちを抑え、彼女にはうつ伏せになってもらった。

せっかく一度出しているのだから、性急に肝心な部分を求めるのは勿体《もったい》ない。少しでも女体を探求したい、と思ったのだ。

菊枝も素直に腹這いになってくれたので、余吉は踵から脹《ふく》脛《はぎ》を舐め、ほんのり汗ばんだヒカガミから、白い太腿をたどり、何とも豊かで丸い尻の表面を舐め上げていった。

腰から背中を舐め上げると、肌はうっすらと汗の味がした。肩まで行って髪の匂いを嗅ぎ、うなじに舌を這わせ、また下りていった。脇腹に寄り道しながら女体の隅々まで舐め、再び白い尻に戻った。

両の親指でムッチリと谷間を広げると、奥には薄桃色の蕾《つぼみ》がひっそり閉じられていた。実に可憐だった。鼻を押しつけて嗅ぐと、双丘が顔中に密着し、蕾に籠もる微香が悩ましく鼻腔を刺激してきた。

チロチロと蕾を舐めると細かな襞《ひだ》がヒクヒクと収縮した。そして充分に濡らしてから、舌先を中に潜り込ませた。

「あう……！　駄目……」

菊枝が顔を伏せたまま呻き、侵入した舌先をキュッと肛門で締め付けてきた。

余吉は内部のヌルッとした粘膜を味わい、顔中が豊かな尻の感触に包まれた。

出し入れさせるように舌を蠢かし、充分に味わってから顔を上げると、菊枝は自分から寝返りを打ち、仰向けになってきた。

彼も片方の脚をくぐり、とうとう女体の神秘の部分に顔を迫らせたのだった。

白い内腿を舐め上げ、中心部に迫っていくと、股間に籠もる熱気と湿り気が顔中を包み込んできた。

「アア……、恥ずかしい……、でも仕事のためだからね、しっかり見て……」

菊枝は息を弾ませながら、両膝を全開にしてくれた。色白の肌が下腹から股間に続き、ふっくらした丘には濃い恥毛がふんわりと密集していた。

真下の割れ目からは色づいた花びらがはみ出し、内から溢《あふ》れる蜜汁にヌメヌメと妖《あや》しく潤っていた。

しかも菊枝は自ら指を当て、陰唇をグイッと左右に広げて見せてくれたのだ。

「ご覧、ここに男のものを入れるんだよ……」

余吉の無垢で熱い視線と息を股間に感じながら、菊枝は喘ぎを抑えるように息を詰めて言った。

目を凝らすと、細かな襞が花弁状に入り組む膣口が息づき、白っぽく濁った粘液も滲んでいた。この穴から、かつて千代が生まれ出てきたのだ。

その少し上に、ポツンとした尿口らしき小穴も確認でき、さらに割れ目上部の包皮の下からは、小指の先ほどもあるオサネがツンと突き立っていた。

光沢ある突起は、よく見ると男の亀頭そっくりの形をしていた。

余吉は、陰戸内部の様子や恥毛の生え具合、陰唇やオサネの形、肛門の位置などを無意識に瞼《まぶた》に焼き付けた。

余吉は吸い寄せられるように、美女の中心部にギュッと顔を埋め込んだ。

柔らかな恥毛に鼻を擦りつけて嗅ぐと、隅々には甘ったるい汗の匂いと、ほんのりした刺激のある残尿臭が籠もり、悩ましく鼻腔を掻き回してきた。

そして舌を這わせると、大量の淫水はトロリとした淡い酸味を含んでいた。

膣口から柔肉をたどり、ヌメリをすすりながらオサネまで舐め上げていくと、

「ああッ……、いい気持ち……！」

菊枝はビクッと顔をのけぞらせて喘ぎ、内腿でキュッときつく彼の顔を締め付けてきた。

余吉も、美女の味と匂いに酔いしれながら次第に夢中になって舌を這わせ、オサネに吸い付いていった。

「そこ……、もっと強く……、指も入れて……」

菊枝は言いながら、股間を突き上げてきた。

余吉もオサネを吸い、舌先で弾《はじ》くように舐めながら、そろそろと人差し指を膣口に潜り込ませていった。中は熱く濡れ、細かな襞々もあり、一物を入れたらさぞや気持ち良いだろうと思える感触だった。

余吉は内壁を探りながらオサネを愛撫し、そっと目を上げて菊枝の様子を見た。白い下腹がヒクヒクと波打ち、豊かな乳房の間から、のけぞる艶めかしい表情が見えた。

「い、入れて、余吉……」

やがて、菊枝も我慢できなくなったように口走った。

余吉は指を引き抜き、舌を引っ込めて顔を上げた。

女体の探求をしている間に、すっかり一物も淫気も回復し、むしろ待ちきれないほどに高まっていた。

身を起こし、緊張しながら股間を進めていった。急角度にそそり立つ幹に指を添えて下向きにさせ、先端を濡れた陰戸に押しつけた。

「もう少し下……、そう、そこよ、来て……」

菊枝も僅《わず》かに腰を浮かせて誘導しながら、期待に目を閉じて囁いた。

グイッと股間を進めると、張りつめた亀頭が落とし穴にでも嵌《は》まったようにヌルリと潜り込み、あとはヌルヌルッと滑らかに呑み込まれていった。

「アア……！」

菊枝は顔をのけぞらせて喘ぎ、根元まで受け入れながらキュッと締め付けてきた。

そして両手を伸ばし、余吉を引き寄せた。彼も股間を密着させたまま、そろそろと身を重ねていった。

「いいわ……、無垢な男なんて初めて……」

菊枝はうっとりと言い、味わうようにキュッキュッと膣内を収縮させた。

余吉も熟れ肌に身を預けながら、温もりと感触を味わい、女体と一つになった感激と快感を嚙み締めた。

口に出したときも心地よかったが、やはりこうして一体となり、快感を分かち合う感覚は格別だった。

のしかかると、胸の下で乳房が柔らかく押し潰れて弾み、股間では恥毛が擦れ合い、コリコリする恥骨の感触まで伝わってきた。

「突いて、強く奥まで……」

下から両手でしがみついた彼女は、待ちきれないようにズンズンと股間を突き上げてきた。それに合わせ、余吉も腰を突き動かすと、何とも心地よい肉襞の摩擦が幹を包み、次第に動きが早まってきた。

高まった菊枝は激しく悶え勢いがつきすぎたのか、そのうちに調子が合わずヌルッと抜け落ちてしまった。

「あん、慌てないで……、じゃ下になってみる？」

彼女が言うので、余吉はいったん身を離して仰向けになった。すぐ菊枝も入れ替わりに身を起こし、淫水に濡れた一物に跨がってきた。

幹に指を添えて腰を沈み込ませると、再び肉棒は滑らかに根元まで吸い込まれ、互いの股間が密着した。

完全に座り込んだ菊枝が、豊かな乳房を揺すってグリグリと股間を擦りつけ、やがて身を重ねてきた。

余吉もしがみつきながら股間を突き上げると、今度は菊枝も抜け落ちないよう調子を合わせて動きはじめた。やはり上の方が自由に動けるようだ。

「いいわ、奥まで感じる……」

菊枝が近々と顔を寄せて囁き、そのままピッタリと唇を重ねてきた。

ヌルリと舌が潜り込み、舌をからめると生温かな唾液がトロトロと注がれ、余吉はうっとりと喉を潤した。

彼女の息は熱く湿り気があり、白粉《おしろい》のように甘い刺激を含んでいた。

余吉は美女の唾液と吐息を吸収しながら股間を突き上げ、あっという間に昇り詰めてしまった。

「く……！」

突き上がる快感に呻き、熱い大量の精汁を勢いよくほとばしらせると、

「あう、熱いわ。もっと出して、気持ちいい……、アアーッ……！」

噴出を受け止めた途端、菊枝も声を上ずらせ、ガクンガクンと狂おしい痙攣《けいれん》を開始して気を遣《や》った。

同時に膣内の収縮も最高潮になり、余吉は股間を突き上げながら、心置きなく最後の一滴まで出し尽くした。すっかり満足しながら動きを弱めていくと、菊枝も徐々に熟れ肌の強ばりを解き、グッタリと彼に体重を預けてきた。

まだ膣内が忙《せわ》しげに収縮し、一物も刺激されてヒクヒクと過敏に反応した。

「あう……、暴れないで、もう堪忍……」

内部でピクンと幹が跳ね上がるたび、菊枝も刺激されて声を洩らした。

余吉は彼女の重みと温もりを受け、熱く甘い息を間近に嗅ぎながら、うっとりと快感の余韻に浸り込んだのだった……。

四

「ねえ余吉、昨日のことだけれど……」

翌日の昼間、また離れに来た千代は、余吉に言った。昼間は、菊枝も店に出ているから、安心して離れに来られるのだろう。

「はあ、昨日のこととは」

彼は、いつになく千代が遠慮がちに言うのを怪訝《けげん》に思いながら聞き返した。

今日は、廊下に足音が聞こえたときから作業を中断し、また風呂敷で文机を覆い隠していた。

昨夜、菊枝との初体験を終えた余吉は、感激になかなか寝付けなかったものだ。

そして今日、彼は根付けの細部、陰戸まで彫り上げることが出来た。やはり、生身の陰戸を知るというのは大きなことであった。

「陰戸を舐めてもらうということ……」

「はい、構いませんので、お嫌でなければ跨がって下さいませ」

千代がモジモジと言うので、余吉も気軽に畳に仰向けになった。

あるいは昨日、千代はずっとそのことを思ってばかりいて、あれこれ想像を巡らせながら密かに興奮していたのかも知れない。

昨日のように勢いで行うにはさすがにためらいがあったが、今日はどうやら好奇心や嗜虐欲ばかりでなく、快楽への期待に決意を秘めているようだった。

千代は恐る恐る、仰向けになった彼の顔の近くまで来た。

ここまでは、昨日と同じである。

しかし一晩経《た》って千代も欲望に身を任せる覚悟が出来たのだろう、とうとう片方の足を浮かせ、彼の顔に跨がってきた。

裾の起こす風が生ぬるく余吉の顔を撫でた。見上げると裾の中の薄暗がりと、遥《はる》か上から千代がこちらを見下ろしていた。

やがて彼女は意を決したように屈み込み、着物と腰巻の裾をめくり上げた。そしてニョッキリとした健康的な脚を露出させながら、ゆっくりしゃがみ込んできた。

余吉は激しい興奮に胸を高鳴らせながら、心の片隅の冷静な部分で、そうか、女が厠《かわや》に入ったときの真下からの光景は、このようなものかと思った。

もうためらうことなく、千代は完全に厠に入った格好になり、白い脹ら脛と内腿をムッチリ張り詰めさせ、彼の鼻先に股間を迫らせてきた。

まくられた裾で彼女の顔までは見えないが、昼日中の陽射しで、生娘《きむすめ》の陰戸を余すところなく見ることが出来た。

ぷっくりした丘には、楚々とした若草が、恥ずかしげにほんのひとつまみほど煙り、丸みを帯びた割れ目からは、薄桃色の花びらがはみ出していた。大股開きになっているので、それも僅かに開き、中の柔肉と、小粒のオサネが覗いていた。

肌の温もりが余吉の顔中を包み込み、彼は激しい興奮に無垢な陰戸に目を凝らした。

恐る恐る両手を当てて尻を支え、両の指でそっと陰唇を左右に開いたが、彼女は触れられても拒まなかった。

無垢な膣口が丸見えになり、細かな襞とヌメヌメする潤いが確認できた。

ポツンとした尿口もはっきり見え、菊枝より小さめのオサネは愛撫を待つようにツヤツヤと綺麗な光沢を放っていた。

「ああ……」

千代が小さく喘ぎ、ヒクヒクと内腿を震わせた。さすがに激しい羞恥を覚えているのだろう。

余吉は顔を埋め込み、柔らかな茂みに鼻を擦りつけて嗅いだ。隅々には、汗とゆばりの匂いが濃厚に籠もり、悩ましく鼻腔を掻き回してきた。

舌を這わせ、張りのある陰唇の内部に差し入れて膣口の襞を舐め、さらにオサネまで舐め上げていった。

「アアッ……！」

やはりオサネが最も感じるのか、千代が熱く喘ぎ、ギュッと彼の口に股間を押しつけてきた。溢れる蜜汁は淡い酸味を含み、舌の動きを滑らかにさせた。

余吉は生娘の味と匂いを堪能し、さらに白く丸い尻の真下に潜り込んでいった。

顔中に、ひんやりと心地よい双丘を受け止め、谷間にひっそり閉じられた薄桃色の蕾に鼻を押しつけると、やはり秘めやかな微香が悩ましく籠もっていた。

彼は美少女の恥ずかしい匂いを貪り、舌先でチロチロとくすぐるように蕾を舐め、襞の蠢きを味わってから浅くヌルッと潜り込ませた。

「あう……」

千代は呻き、キュッと肛門で彼の舌先を締め付けてきた。

余吉は滑らかな粘膜を味わい、充分に舌を蠢かせてから引き抜き、新たな蜜汁の湧き出す陰戸に戻っていった。

息づく膣口の襞をクチュクチュ掻き回し、ヌメリをすすりながらツンと突き立ったオサネまで舐め上げていくと、

「そ、そこ……」

千代は、菊枝と同じように口走り、再びオサネをギュッと彼の口に押しつけてきた。

余吉は恥毛に籠もる可愛らしい体臭を嗅ぎながら懸命に舌を這わせ、溢れる淫水を飲み込んでオサネに吸い付いた。

「き、気持ちいい……、何だか、身体が宙に……」

千代が声を上ずらせて言い、ガクガクと全身を波打たせはじめた。

絶頂が近いのだろうと思い、余吉も必死にオサネを刺激し、小刻みに舌先で愛撫を繰り返した。

さらに彼は、指先を膣口に当て、浅い部分の内壁も擦った。

「もっと奥……」

すると千代が息を詰めて言い、余吉はオサネを舐めながら、そろそろと指を潜り込ませていった。さすがに菊枝よりきつくて狭いが、何しろ母親に似たのか潤いが充分すぎるので、

指はヌルヌルッと奥まで吸い込まれた。

「アア……」

千代は喘ぎながら、モグモグと指を締め付けてきた。指一本なら痛くないようで、余吉も内部の天井を圧迫したり、入り口付近を小刻みに擦ったりしながら、執拗にオサネを舐め回した。

すると大量の淫水が湧き出し、舐め取るというより飲み込めるほど滴ってきた。

彼女はしゃがみ込んでいられず、彼の顔の左右に両膝を突いた。

「あうう……、いいわ……、アアーッ……！」

千代は声を震わせ、たちまち全身を強ばらせながらガクガクと狂おしく痙攣した。

淫水は、粗相《そそう》したように漏れ、彼女は遠慮なく余吉の顔中にグイグイと陰戸を擦りつけて突っ伏した。

どうやら、本当に気を遣ってしまったようだ。

「も、もういい……、堪忍……」

彼の顔の上で亀の子のように四肢を縮めながら、千代が気弱に言ってヒクヒクと全身を震わせた。

余吉も舌を引っ込め、指を引き抜いた。顔中が、大量の蜜汁でヌルヌルにまみれていた。

「ああ……」

千代は何度か喘いで痙攣しながら、やっとの思いでゴロリと横になった。余吉も這い出して身を起こした。彼女は目を閉じて息を震わせ、たまに快感が押し寄せるようにビクッと全身を波打たせた。

「着物が濡れますので……」

余吉は言い、懐紙を手にして股間を拭《ふ》いてやろうとした。

「触らないで……、怖いわ、ここへ寝て……」

千代が、まだ正体を失《な》くした声で力なく言い、彼を引き寄せた。

余吉も素直に添い寝すると、千代が心細げに彼の顔を胸に抱き寄せた。腕枕される形になると、彼女の口から洩れる湿り気ある息が、甘酸っぱい芳香とともに余吉の鼻腔を刺激してきた。

「まだ、力が入らないわ……、自分でいじったことはあるけど、こんなにすごいものだなんて……」

千代が、吐息混じりに譫言《うわごと》のように言う。

もちろん余吉も、生娘の陰戸を舐め、まだ鼻腔に残る匂いに痛いほど激しく股間を突っ張らせていたのだった。

五

「ねえ、顔に跨がられて舐めさせられるなんて、嫌だったでしょう……」

ようやく呼吸を整えながら、珍しく千代が気遣うように囁いた。

「いいえ、私も嬉しかったです」

「何が嬉しいの。厠で用を足すところを舐めさせられたのに」

「陰戸を見るのは初めてで、とても美しくて、舐めるのは嫌じゃありませんでした」

「そう……、確かに、あの本でも喜んで舐め合っていたわ……」

千代は腹這いになると手を伸ばし、文机の端から春本を取り出してしまった。

「あ……」

余吉が止める間もなく、千代は腹這いのまま本を開き、パラパラとめくって見た。

「口吸いは、ベロを舐め合うのね……」

彼女は、強烈な体位の数々を眺めてから、口吸いの絵を見て言った。

「ねえ、余吉、ベロを出してみて」

千代がこちらを見て言ったので、彼も横になったまま、恐る恐る舌を伸ばした。

彼女もすぐに顔を寄せ、果実臭の息を弾ませて唇を重ね、ヌラリと舌をからめてきた。嚙まれるのではと不安になったが、その気配はなく、千代は次第にヌラヌラと大胆に蠢かせた。

余吉は美少女の唾液と吐息に酔いしれ、今にも暴発しそうなほど高まりながら、近々と迫る千代の顔を薄目で見ていた。

陽射しに頰の産毛が輝き、白桃のようにほんのり染まっていた。

舌は滑らかに動いていた。彼女が上からのしかかっているので、生温かな唾液もトロトロと舌を伝って注がれてきた。

余吉はうっとりと味わい、美少女の甘酸っぱい息で鼻腔を満たしながら喉を潤した。

やがて、千代もぼうっとした表情になって、ようやく唇を離した。唾液が細く糸を引き、彼女が舌なめずりすると切れた。

「ふうん、これが口吸いなのね……、何だか、また胸がドキドキしてきたわ……」

嫌でなかったようで、千代は感想を述べ、さらに他の頁も見て新たな好奇心を芽生えさせたようだ。

「ね、余吉。お前も脱いで見せて。この絵みたいに大きいの？」

「い、いえ……、それは大げさに描いてあるだけですので……」

「いいからお見せよ、私も見られたのだから」

千代は言って半身を起こし、彼を仰向けに押さえつけたまま裾を開き、下帯を解き放ってしまった。

「まあ、こんなに立ってるわ……」

股間を露出させられると、一物がぶるんと弾けるように屹立し、光沢ある亀頭が震えた。

千代は目を凝らし、息を呑んでいた。余吉も、無垢な視線に晒《さら》されて、菊枝に見られたとき以上の興奮を覚えた。

「こんなに大きくなって、邪魔じゃないの……？」

春画ほどではないが、千代の目には大きく映ったようだ。

もっとも、陰戸に納めるためにあるのだから、生娘には余吉の一物でさえ困難に思えたのだろう。

「普段は、もっと柔らかくて小さいのです。淫気を催すと、陰戸に入れられるように硬くなります」

「じゃ、今は私に淫気を？」

「それは、美しいお嬢様の陰戸を舐めたり口吸いをすれば、どうしてもこうなります……」

「そう……」

千代は別に咎《とが》めもせず、美しいと言われて良い気分のようだった。

そして、そっと手を伸ばし、とうとう指先で一物に触れてきたのである。幹と張りつめた亀頭を撫で、感触を確かめるように、やんわりと手のひらに包み込んでニギニギと動かしてきたのだ。

「アア……」

「気持ちいいの？」

「はい、とっても……」

言うと、千代もいつものような意地悪ではなく、観察するように優しく愛撫してくれた。ふぐりにも触れ、二つの睾丸をコリコリといじり、袋をつまんで肛門の方まで覗き込んできた。

そして再び肉棒に戻る頃には、鈴口からうっすらと粘液が滲みはじめていた。

「これは精汁？　それともゆばり？」

「ゆばりではありません。精汁は白いのです。今は、お嬢様と同じように感じて濡れてきたのです……」

余吉は答えながら、まさか千代に一物を見られながら、このような会話をするなど夢にも思わなかったものだった。

千代は指の腹で鈴口をいじり、粘液を付けてヌラヌラと動かした。

「ああ……」

「精汁が出そう？」

彼が喘ぐと、千代が聞いた。やはり手習いの仲間と、そうした話ぐらい出て、精汁が飛び出るという知識はあるようだった。

「出そうです……」

「そう、じゃ出るところを見たいわ。でもまだ駄目よ。少しだけお口に入れてみたいわ」

千代は言い、そっと屈み込み、熱い息で恥毛をくすぐってきた。

「お、お嬢様。いけません……」

「私がしてみたいのよ。黙ってじっとしていて」

「ならば、どうか、歯だけは当てないで下さいませ。他の場所ならいくら嚙んでも構いませんので……」

「そう、分かったわ」

千代は言い、とうとう本当にパクッと亀頭を含んでしまった。しかもモグモグと唇を蠢かせて吸い付き、内部ではチロリと舌も這わせてきたのである。

「アア……！」

余吉は、無垢な口に吞み込まれ、禁断の快感に喘いだ。

しかし千代は、すぐにチュパッと軽やかな音を立てて口を離した。どうやら味見しただけで気が済み、口に出されるのは御免なのだろう。

「汗臭いけど、あんまり味はないわね。さあ、じゃどうすれば出るの」

千代が言うので余吉も、どうにも射精しなければ気が済まないほど高まってしまった。

「で、では、このように……」

余吉も遠慮なく言い、千代に左手で腕枕してもらい、彼女の右手で一物をしごいてもらった。

「こう？　出るところが見たいの。手が疲れるから早くして」

千代は、幹を握って動かした。余吉も我慢せず快感を受け止めた。

「まだ？」

「ど、どうか、唾を飲ませて下さいませ……」

「唾を？　今日は最中はないのよ。こうすると早く出るの？」

千代は好奇心を抱いたらしく、幹を愛撫しながら顔を寄せ、愛らしい唇をすぼめ、白っぽく小泡の多い唾液をトロトロと彼の口に垂らしてくれた。

「ああ……」

余吉は、生温かな粘液を舌に受けて味わい、美少女の甘酸っぱい口の匂いを嗅ぎながら、あっという間に絶頂を迎えてしまった。

「い、いく……、アアッ……！」

千代の手で揉まれながら、快感に突き上げられて口走ると、千代もそちらに目を向け、なおも激しくしごいてくれた。

同時に、熱い大量の精汁がドクンドクンと脈打つようにほとばしった。

「すごいわ……、こんなふうに出るのね……」

千代は、手が濡れるのも構わず、噴出する精汁を見つめて言った。

余吉は、お嬢様の指を汚す禁断の快楽に溺《おぼ》れ、身悶えながら最後の一滴まで出し尽くしてしまった。

彼女も、もう出なくなると指の動きを弱めてくれた。

それでも、射精直後で過敏になった亀頭に愛撫は強烈だった。

「ど、どうか、もう……」

余吉が腰をよじって言うと、ようやく千代も手を離してくれた。

「そう、気持ち良いのを通り過ぎると、触られたくないのね。さっきの私みたいに」

千代は納得したように言い、懐紙で指を拭《ぬぐ》う前にそっと嗅いだ。

「生臭いわ……、これが人の種なの……？」

彼女は眉《まゆ》をひそめて言い、何度も指を拭いた。

余吉はグッタリと身を投げ出し、千代の可憐な顔を見上げながら、うっとりと余韻を味わった。

「いい？　誰にも内緒よ」

「は、はい、もちろん……」

「拭いただけじゃ匂いが落ちないわ」

千代は言って立ち上がり、乱れた裾を直すと、そのまま離れを出て行ってしまった。

余吉は身を投げ出したまま呼吸を整えた。激情が過ぎると、女将のみならず、その娘とまで淫らな行いをしてしまったことに激しい不安を覚えた。

もし菊枝に知られたら、さすがにここを追い出されるだろう。

まあ、まだ傷ものにしたわけではないが、千代の好奇心は、いずれ情交にも向けられるだろうと思った。

そのときが来るのが恐ろしいが、反面、余吉は微《かす》かな期待も抱いた。

そして悶々としていた頃の手すさびと違い、生身の女に触れるというのは何と素晴らしいのだろうと思った。

第二章　武家娘のためらい快楽

一

「うん、絵と同じように彫れているよ。これなら上出来だ」

　菊枝が、完成した『逆さ椋鳥』の根付けを見て言った。

「じゃ、お前が届けてくれるかい。もうお代は頂いているから、届けるだけだからね。入谷《いりや》の吉村清治郎《よしむらせいじろう》様と言えば分かるから」

「ま、まさか、お武家なのですか？」

　余吉は驚いて言うと、菊枝は簡単な地図を描いてくれた。

「ああ、前からお嬢様がうちの店を贔屓《ひいき》にしてくれてね、その縁で知り合ったお旗本だよ。もう隠居しているけれど、元は納戸組頭というお役職で、何かと上士の奥方への進物にもうちの品物を買って下さってね。見かけは堅物だけど、実際は女好きで気さくなお方だから安心おし」

「承知致しました」

「出来を見たら、また次の根付けも頼まれるかも知れないからね、粗相のないように」

菊枝に言われ、余吉は緊張気味に鶴屋を出た。

女将としての仕事が忙しいということもあろうが、やはり菊枝は、根付けを作った本人に行かせたかったのだろう。男同士の方が、次の注文もすんなりいくと思ったようだ。

余吉は根付けの包みを懐中に、浅草から千束《せんぞく》を抜けて入谷へと向かった。

町家の並びには、菓子屋や古着屋が並んでいるが、さらに奥へ行くと武家屋敷の一角があった。

しかし菊枝の地図を見ると、行き先は武家屋敷ではなく、団子屋の裏手だった。

行くとこぢんまりとした一軒家があった。どうやら清治郎は隠居所として町家を借りているようだった。

余吉は裏門に回って格子を開けて入り、勝手口の引き戸を開けて訪《おとの》うた。「御免下さいませ。浅草の鶴屋から参りました」

すると、すぐに二十歳前の娘が出てきた。

「あ、鶴屋の余吉と申します」

彼は、武家女に緊張しながら頭を下げて言った。

「はい、何用でしょう」

「清治郎様から頼まれた根付けをお届けに伺いました」

余吉は言って包みを出したが、物が物だけに、開けて見せるようなことはしなかった。

「左様ですか……。困りました。少しお待ちを」

彼女は微かに顔を曇らせて言い、余吉を残して奥へ入っていった。地味な着物からして、彼女は清治郎の娘ではなく、吉村家の家来筋か、賄いなどの手伝いに来ている武家娘のようだった。

すると間もなく、少々大股でがさつな足音が聞こえ、別の人が姿を現した。

大柄なので男かと思ったが、前髪を垂らし、長い髪を後ろで引っ詰めた、目がきつく凛然《りんぜん》とした二十歳ちょっとの女である。しかも裁着袴《たつつけばかま》に脇差《わきざし》を帯びた男装ではないか。

「鶴屋の余吉と申します」

睨《にら》むように見つめられ、余吉は視線を落として頭を下げた。

「私は娘の澪《みお》。父は先日卒中で倒れ、今は伏せっている。品は何か」

「さ、左様でございましたか……、根付けでございますが、もうお代は頂戴していると主人が申しますので……」

「どれ」

澪は、彼が手にした包みを見て手を差し出してきた。

「は……、ご本人に、直《じか》にお渡ししろと固く言いつかって参りましたが……」

「だから、父は眠り続けておる！　早《はよ》う見せろ！」

ぴしりと言われ、余吉は肌が痛むような衝撃にビクリと肩をすくめた。

「は、はい……、これでございます……」

余吉は声を震わせながら、恐る恐る包みを開いて差し出した。

清治郎に渡してすぐ済む用だったはずなのに、まさかこのようになるとは。卑猥な根付けに澪が怒り、斬《き》られるのではないかとさえ思った。もちろん菊枝も、清治郎が倒れたことなど知らなかったのだろう。

「こ、これは……」

男女が互いの股間を舐め合っている根付けを見て、澪が絶句した。

「このような物を父が注文を……？」

「はい、春本とともにお渡しになり、これを作れと主人に」

「嘘を申せ！」

澪は言うなり、根付けを土間に叩きつけた。

「あ……」

余吉は声を洩らし、慌てて根付けを拾い上げ、欠けたりしていないか調べた。

「何をなさいます……」

「黙れ、代金は済んだと申したであろう。ならば何をしようと当方の勝手」

「し、しかし、私は精魂込めて作りました……」

「なに、お前が作ったのか」

澪は彼を睨み下ろして言ったが、ふと、さっきの娘が廊下から心配そうに様子を窺っているのを見て肩の力を抜いた。

「出よう。しばし外で待て」

澪は言い、足音も高く奥へ引っ込んでいった。余吉も、顔を見せている娘に辞儀をし、再び根付けを懐中に入れて勝手口を出た。

そして裏門を出て通りで待つと、間もなく澪が大刀を腰に帯びて玄関から出てきた。

「来い。少し訊きたいことがある」

「はい……」

澪が言って先に行き、余吉は従った。

身の丈が五尺（約一五二センチ弱）そこそこの余吉よりも、澪は五寸（約一五センチ強）ばかりも背が高かった。

「お前は、ああした淫らな物ばかり作る職人か」

澪が、前を向いたまま言った。

「いいえ、初めてです。注文の通り、よく分からぬまま苦心しました」

「左様か。精魂込めた物を投げつけて済まぬ。父の病に苛立っていた」

「いえ、滅相も……」

澪も、もう怒っているわけではなさそうなので、余吉も少し安心した。

やがて澪は、近くにある神社の境内《けいだい》に入り、本殿の階段に腰を下ろした。蒸し暑く、空はどんよりと曇り、一雨来そうな風の湿り具合だった。

「お前も座れ。よきちと言ったか、どういう字だ」

「余りの吉です」

彼は答え、同じ壇に座るのも気が引けるので、一番下の段に腰を下ろした。

「鶴屋には、何かと父の買い物で出入りしていた。隠居してからの父は小夜《さよ》、さっきいた家来の娘が世話をしていた」

「はい」

「それが卒中で倒れ、私も驚いて隠居所へ行ったが、父の私物から夥《おびただ》しい春本や春画の類《たぐ》いが出てきて肝を潰した。尊敬する父が、あのような物を好むなど、青天の霹靂《へきれき》」

「…………」

「小夜に訊くと、何かとあの子に春本を読ませ、酒を傾けながら聞くのが好きだったようなのだ。信じられぬことだが……」

澪は言いながら嘆息した。

「しかし、まだ父は五十一だが、長年の酒好きによるものか、男としては使い物にならなかったようだ。それで、小夜の操は守られたのだが、ただ、情交の他は色々されたと、小夜が泣きながら私に打ち明けてくれた。だから、あのような根付けを頼んだのも事実と思う。先ほどは嘘つき呼ばわりしたが許せ」

「い、いいえ、構いません……」

「その根付けは、もう父には不要のものだ。医者も、もう長くないと言っていた」

「では、主人に代金をお返しするよう言ってみます」

「いや、父の最後の注文として、私がもらおう。寄越せ」

言われて、余吉は再び恐る恐る根付けを取り出して澪に渡した。

今度は投げつけることもせず、嫌悪の表情も浮かべず、澪は根付けを眺めた。

「ふ……、このようなことをさせられたと、小夜が言っていた。あの娘は、私の前では嘘が言えなくなるようで、何もかも有り体に申した。主筋のお顔を跨いで申し訳ないと泣いていたが、なに、父が望んだこととなれば逆らえまい……」

「……」

「小夜は、去年の明石屋火事で二親を亡くした気の毒な娘だ。うちから嫁に出そうと思っている」

「左様ですか。私と同じです……」

「なに、お前の親もか」

「はい、二親と兄二人を亡くしました。今は鶴屋の居候です」

「そうだったのか……」

澪は神妙な顔つきで言い、根付けを袂に仕舞った。

「父の春本と春画、お前が引き取ってくれぬか。本屋に頼むのは体裁が悪い」

「はい……」

「また鶴屋へ顔を出す。そのときに良い日を打ち合わせよう」

「承知致しました」

余吉が答えると、澪も立ち上がって階段を下りた。

ふんわりと甘い匂いが生ぬるく漂い、二本差しの男装でも、やはり若い女なのだなと余吉は思った。

そして斬られなくて良かったと思う反面、武家の隠居も大店の隠居も、淫気が旺盛なことに変わりはないのだなということが分かった。

やがて境内を出ると、澪は隠居所へと戻り、余吉も辞儀をして別れたのだった。

二

「そうかい、清治郎様が倒れられた……」

夜半、また菊枝が余吉の離れに来て嘆息気味に言った。

帰宅したとき報告したが、何しろ店が立て込んでいたから、後で詳しくということで夜になったのだ。

「はい、卒中ということで、もう話もままならないようでした」

すでに床も敷き延べてあり、互いに寝巻姿ということで、余吉はまた淫らな期待に股間を熱くさせながらも、今は神妙に答えた。

「それで、根付けは？」

「お嬢様の、あの怖そうな澪様が、父君の最後の注文ということで受け取ってくれました」

「そう……」

菊枝は澪のことについても話してくれた。

清治郎の役職であった納戸組頭は、長男である澪の兄が継ぎ、すでに妻帯して実家に住んでいるようだ。二十三歳になる澪は、何しろ男勝りの剣術好きで、一向に嫁に行く気配もないらしい。

菊枝ががっかりしているのは、次の注文がなかったことばかりではなく、清治郎の人柄が好きだったからのようだ。

あの男装の澪が鶴屋に何かと買いに来ていたのも、もちろん自分の小物ではなく、清治郎に依頼された品を求めていたらしい。旗本の役職付きは、やはり何かと上役への進物など気を遣うのだろう。

そして洒脱なところがあったらしい清治郎は、男よりも、その妻や娘の喜ぶものを送る方が、覚えが良くなることも知っていたようだった。

「まあ、仕方がない。もちろん四十八手の根付け作りは続けてもらうよ。他からも、そうした注文が来ているからね」

「分かりました。次は、どの絵を元にしましょう」

言うと、菊枝は春本をめくり、様々な体位を眺めた。

清治郎のことから、徐々に淫らな方へと気持ちが切り替わるかのように、ふんわりと漂う甘い匂いが濃くなったように感じられた。

「そうだね。時雨茶臼《しぐれちゃうす》、これにしよう」

菊枝が指した絵を見ると、仰向けの男に女が跨がって交接し、顔をのけぞらせて喜悦の声を上げていた。

「大店のご隠居たちは、長いこと女たちにちやほやされているからね。時には女に組み敷かれる形に惹《ひ》かれるものらしいんだよ」

「はあ、そんなものですか……」

余吉は答え、明日からでもすぐ仕事にかかれるように、その頁を開いて文机に置いた。

「千代に噛まれた傷は治ったかい。脱いで見せてごらん」

急に菊枝が艶めかしい声音《こわね》になり、熱っぽい眼差《まなざ》しで囁いた。

余吉も緊張と興奮に胸を震わせながら、手早く帯を解いて着物を脱いだ。

菊枝がにじり寄り、二の腕の歯形に顔を寄せて触れた。

「だいぶ良くなっているね」

彼女は囁き、そっと歯形に舌を這わせてくれた。

「ああ……」

余吉が快感に喘ぐと、さらに菊枝は彼を布団に横たえて、上からピッタリと唇を重ねてきた。唇が密着し、ヌルリと舌が潜り込んできたので、彼も歯を開いて受け入れ、ネットリとからみつけた。

「ンン……」

菊枝は執拗に唇を押しつけて舌を蠢かせ、熱く湿り気ある息を甘く弾ませながら、自分も帯を解いて寝巻を脱いでいった。

そして余吉の下帯も取り去り、互いに一糸まとわぬ姿になると、菊枝は添い寝し、唇を離しながら豊かな乳房を彼の顔に押しつけてきた。

彼も夢中で吸い付きながら、甘ったるい濃厚な体臭に包まれた。

「ああ……、いい気持ち……、そっと嚙んでおくれ……」

菊枝が言い、余吉もコリコリと硬くなった乳首に軽く歯を当てて動かした。

「あうう……、もっと強く……」

彼女は熟れ肌をくねらせて呻き、余吉は左右の乳首を交互に吸っては歯で刺激し、さらに腋の下にも鼻を埋め、腋毛に籠もった女の汗の匂いに噎《む》せ返った。

「いいわ、もっと好きなように色々して……」

菊枝が喘ぎながら言い、余吉も滑らかな熟れ肌を舐め下りながら、腰から脚へと舌でたどっていった。

また足裏を舐め、指の股に鼻を押しつけ、蒸れた芳香を貪り、爪先にしゃぶり付いた。

「アア……、またそんなところを……」

菊枝は言いながらも、うっとりと喘ぎ、されるままになってくれた。

余吉は全ての指の間を舐め回し、もう片方の足も、新鮮な味と匂いが薄れるまで舐め尽くしてしまった。

そして腹這いになり、ムッチリとした脚の内側を舐め上げ、股間に顔を進めていった。

菊枝も期待に乳房を息づかせ、両膝を全開にしてくれた。

白く滑らかな内腿を舐め上げ、中心部に迫ると熱気と湿り気が顔中を包み込み、大量の淫水にまみれた陰戸が迫った。

柔らかな茂みに鼻を埋め込み、隅々に籠もった汗とゆばりの匂いを嗅ぎ、舌を這わせていった。

「アアッ……、いい気持ち……」

ビクッと顔をのけぞらせて喘いだ菊枝は、内腿で彼の顔をキュッときつく締め付けてきた。

余吉も豊満な腰を抱え込み、淡い酸味の蜜汁をすすり、息づく膣口からオサネまでを何度も上下に舌で往復した。

さらに彼女の腰を浮かせ、豊満な尻の谷間にも鼻を押しつけ、蕾に籠もる秘めやかな微香を嗅ぎ、舌で細かな襞を舐め回し、ヌルッと潜り込ませた。

「く……、そんなところ、舐めなくていいのよ……」

菊枝は息を詰めて言い、それでも彼の舌先をモグモグと肛門で締め付けた。

余吉は滑らかな粘膜を味わい、やがて鼻先に滴ってくる淫水を舐め取りながら、再びオサネに吸い付いていった。

「も、もういいわ……、入れたいから、下になって……」

菊枝が言い、余吉は舌を引っ込めて股間から這い出し、仰向けになっていった。

彼女も、時雨茶臼の絵を見たばかりなので、上になりたいようだ。入れ替わりに身を起こすと、菊枝は屹立した一物にしゃぶり付き、熱い息を股間に籠もらせながら、スッポリと喉の奥まで呑み込んでくれた。

温かく濡れた口の中をキュッと締め付けて吸いながら、内部ではクチュクチュと舌をからませてくる。

「ああ……」

余吉が快感に喘いで幹を震わせると、菊枝は充分に唾液にまみれさせたところでスポンと口を引き抜いた。やはり口に出されて飲むよりも、今宵は少しでも早く一つになりたいようだった。

すぐに菊枝は身を起こし、唾液に濡れた一物に跨がってきた。

幹に指を添え、先端を陰戸に押し当て、位置を定めて味わうようにゆっくり腰を沈み込ませた。

「アアッ……！」

たちまち肉棒がヌルヌルッと柔襞の摩擦を受けて呑み込まれ、菊枝は熱く喘いでキュッと締め付けた。余吉も、股間に美女の重みと温もりを受け止めながら快感を嚙み締めた。

菊枝は彼の胸に両手を突いて身をのけぞらせ、時雨茶臼の形でぺたりと座り込み、密着した股間をグリグリと擦りつけてきた。

「き、気持ちいい……」

目を閉じて口走った彼女は、やがて上体を起こしていられなくなったのか、ゆっくりと身を重ねてきた。

余吉も下から両手でしがみつき、僅かに両膝を立てて、局部のみならず太腿や尻の感触も内腿で感じながら幹を震わせた。

「すぐいきそう……、突いて、強く……」

菊枝は腰を遣いながら囁き、彼の肩に腕を回し、乳房も胸に押しつけてきた。

余吉も下からズンズンと小刻みに股間を突き上げ、かぐわしい唇を求めて舌をからめながら高まった。

さらに菊枝の口に鼻を押しつけると、彼女もヌラヌラと鼻の穴を舐めてくれ、さらには顔中まで生温かな唾液にまみれさせてくれた。

溢れ出す大量の淫水が律動を滑らかにさせ、動くたびクチュクチュと湿った摩擦音が響き、彼のふぐりまでヌメらせてきた。

「い、いっちゃう……、アアッ……！」

たちまち余吉は絶頂の渦に巻き込まれ、突き上がる快感に喘ぎながら勢いよく熱い精汁を漏らしてしまった。

「あう……、もっと出して……、ああーッ……！」

奥深い部分に噴出を感じた途端、菊枝も激しく気を遣って声を上げ、ガクンガクンと狂おしい痙攣とともに膣内を収縮させた。

余吉は心地よい肉壺の中に、心置きなく出し尽くし、やがて動きを弱めていった。

そしてすっかり満足しながら力を抜いていくと、

「ああ……、良かった……」

菊枝も満足げに吐息混じりに声を洩らし、熟れ肌の硬直を解いてグッタリと体重を預けてきた。

余吉はキュッと締まる膣内でヒクヒクと幹を震わせ、熱く甘い息を間近に嗅ぎながら、うっとりと快感の余韻を噛み締めたのだった。

三

「余吉、さっき入谷のお小夜さんが来て、清治郎様が亡くなったって」

数日後の昼過ぎ、菊枝が離れに来て言い、余吉も作業の手を止めた。

「そうですか……」

「お前行って、隠居所の片付けの手伝いをしておやり。不要なものをもらう約束だったのだろう？」

「はい。では行ってきます」

余吉は答え、仕度をして鶴屋を出ると急いで入谷へと行った。

すでに清治郎の亡骸《なきがら》は屋敷の方へ移され、隠居所にいるのは小夜だけだった。

やはり元納戸組頭ともなれば、四百石取りの旗本だから、それなりに盛大な弔いが執り行われるのだろう。

「お邪魔致します。お手伝いします」

「どうぞ」

言うと、小夜も寂しげな笑みを浮かべ、彼を招き入れてくれた。

座敷は布団が隅に畳まれ、夥しい書物ばかりがあった。それを小夜が束ね、捨てるものと、跡継ぎの学問のため屋敷へ持ち帰るものとに分けていた。

「この家も、もう引き払うのですか」

「いえ、どうも澪様がお暮らしになるようです。お屋敷では、自分がいると兄嫁様が煙たいだろうとお気遣いになって。それに、引き続き私もここで賄いをさせて頂けることになりましたので」

「そうですか」

家財道具を全て引き払うのでなければ、片付けは書物と、僅かな清治郎の私物だけのはずだ。

それより、この可憐で折り目正しい小夜が、清治郎の言いつけのまま、春本を読み聞かせたり、淫らな行為を求められていたという。それを思うと、余吉は思わず胸が高鳴り、股間が疼いてきてしまった。

もちろんどうこうするという気などさらさらないが、自分と同い年ぐらいの武家娘に接するのは初めてなので、何かと意識してしまった。

きちんと座って書物を紐で束ねている姿も美しく、つい整った横顔や、可愛い足の裏などにも視線を這わせて一物を震わせた。睫毛《まつげ》が長く鼻筋が通り、やはり同じ年頃の娘でも、町家の我が儘な千代とは趣を異にしていた。

「澪様から聞きました。実は私も、明石屋火事で親兄弟を亡くし、一人きりになりました」

「そうなのですか……」

余吉が言うと、小夜は顔を上げ、一瞬じっと彼を見つめたが、また視線を落とし、黙々と作業を続けた。

「では、これらは不要のものですので」

小夜が言い、ことさらに素っ気なく春本や春画の類いを指した。

「澪様から、これは余吉さんにお渡しするよう言いつかっております」

「はい、承知しました」

余吉は言い、小夜が名を呼んでくれたことに感激を覚えた。

「ずいぶんございますね」

彼は、多くの春本を見て、紐の上に重ねながら言った。いかがわしい戯作から、医術にかこつけた情交の入門書、それに夥しい枕絵などがあった。

「長年、何かと集めていたようです」

小夜は言い、片付けを終えると座敷を出て厨《くりや》へと行った。

一人になった余吉は、春本を束ねながら、何冊か開いて見た。清治郎の好みだろうか、どうにも女が上になるものが多く、特に身分のある男が、婢《はしため》などに跨がられて交接したり、陰戸を舐めているものを好んだようだ。

つい春画を見ながら戯作にも読みふけり、余吉はすっかり勃起していた。

「お茶が入りました」

「あ……、申し訳ありません……」

小夜が戻ってきたことに気づかず、余吉は春画を閉じる余裕すらなかった。しかしさんざん清治郎を相手に春本を読み聞かせていたせいか、小夜は驚きもせず傍らに座った。

「伺いたいことがあります」

いきなり小夜が、意を決したように言った。

「は、はあ、何でしょう……」

「私は、旦那様のお世話をし、何でも言いつけを守ってきました。旦那様は私に春本を読ませ、淫気が高まると全て脱いで横になり、私にあれこれさせました」

小夜は余吉を見つめながら告白した。まさか彼も、澪からでなく、小夜本人からこうした話を聞くとは思わなかった。

「それは、指で一物を……」

余吉も、詳しく聞きたくて、彼女が言いやすいように誘いを掛けた。

「ええ、それだけではなく、お口でも……」

「うわ……」

「顔に跨がり、陰戸を舐めてもらったこともあります。そればかりか、足を顔に乗せさせられたり……」

小夜は、ほんのり頬を上気させて言った。

会ったことのなかった清治郎だが、あるいは自分と性癖がそっくりだったのではと思い、余吉は今さらながら彼の死を残念に思った。

「顔に跨がり、ゆばりを飲ませてくれと頼まれましたが、そればかりは、とうとう果たせませんでした」

「そ、そうですか……、主筋のお方の口になど、出せないのも無理ないと思います……」

強烈な話に余吉の股間は、痛いほど突っ張ってきてしまった。

「とにかく旦那様は、生娘から出る唾やゆばり、淫水を飲めば回春に役立つと思っておられたようです」

「それほど、使い物には……」

「はい。ご本人は、長年の酒毒のせいだと仰っていました。指やお口で刺激すると、精汁は出るのですが、立つことはありませんでした。交接したくて何度も試したのですが。もっとも立てば、私はもう生娘ではありませんでしたが」

可憐な武家娘と、誰もいない家の中でこうした話をするのは、何やら心地よい夢の中にいるようだった。

とにかく小夜は、生娘でありながら、挿入以外全ての行為を体験しているようだ。

「そ、それで、私に訊きたいこととは……」

「立っているところを、見てみたいのです。お見せ願えますか」

「う、うわ……」

あまりに思いがけなく強烈な展開に、余吉はビクリと身じろいだ。どうやら小夜は本気らしい。

「どうかお願いします」

「わ、分かりました。私からも伺いたいことが……」

「何です？」

「旦那様に舐められ、お小夜様も感じて濡れたのでしょうか……」

余吉は、妖しい雰囲気に呑まれながら、武家娘に失礼なことを訊いてしまった。

「畏《おそ》れ多い気持ちに震えながらも、相当に濡れていたと思います……」

こんな可憐で真面目そうな娘でも、やはり濡れるのだと思い、余吉は嬉しくなった。

「では、旦那様のお布団ですが、脱いで寝て下さいませ」

小夜は立って、部屋の隅にあった布団を敷き延べた。

「実は旦那様は、どうにも自分が役に立たぬと諦《あきら》め、せめて私が若い男を連れ込み、目の前で交接しているところを見たいと、切に」

「…………」

「この同じ部屋で、お布団でいたせば、きっと喜んでくれると思います」

「で、では、私と情交まで……？」

「お嫌でなければ、供養とお思いになって、お願い致します」

言いながら、小夜はためらいなく帯を解きはじめたではないか。

彼も緊張と興奮に震える指で帯を解き、着物を脱いでいった。そして下帯まで脱ぎ去り、全裸になって布団に仰向けになった。亡骸が寝ていた布団だが、期待の方が大きくて気にならなかった。

小夜も着物を脱ぎ、みるみる生娘の無垢な肌を露わにしていった。

襦袢《じゅばん》を脱ぎ、腰巻を取り去ると、一糸まとわぬ姿で彼の傍らに座った。

「まあ、このように……」

彼女は目を見張り、屹立している一物を見て息を呑んだ。

同じ無垢の娘でも、千代と武家娘では気分が違った。胸が震えるような緊張も心地よかった。

しかし一物は、武家娘を前にしても気後れすることなく、ピンピンに突き立っていた。

小夜はそっと手を伸ばし、やんわりと幹を握ってきた。

「ああ……」

余吉は快感に声を洩らした。まさか自分の人生で、武家娘に一物を触れられる日が来るなど夢にも思わなかったものだ。

彼女は、感触や硬度を確かめるように勃起した一物をいじり回した。

余吉は、武家娘という畏れ多さに、すぐにも絶頂を迫らせてしまった。しかも目を向ければ、形良い乳房と初々しい乳首、股間の翳《かげ》りも見え、手の届くところに全裸の女体があるのだ。

「で、出そうです……、どうか、もう……」

「ならば、構いません。私のお口に」

余吉が降参するように腰をよじって言うと、小夜は言うなり屈み込み、スッポリと一物を呑み込んできたのである。

四

「アアッ……、い、いけません……」

余吉は激しい快感に喘ぎ、温かく濡れた小夜の口の中で幹を震わせた。

小夜も、無垢なくせにすっかりこうした行為に慣れているのか、熱い鼻息で恥毛をくすぐり、喉の奥まで含んで吸い付いてくれた。

しかも、清治郎から仕込まれたのだろう。内部ではチロチロと舌が蠢き、吸いながらスポンと口を離してはふぐりを舐め回し、何とも菊枝以上に艶めかしい技巧を持っているではないか。

二つの睾丸を舌で転がしてから、再び肉棒の裏側を舐め上げ、鈴口から滲む粘液を丁寧にすすり、深々と呑み込んできた。

そして顔全体を小刻みに上下させ、濡れた口でスポスポと強烈な摩擦を開始したのだ。

「い、いく……、あぁッ……！」

たちまち余吉は絶頂に達し、突き上がる快感に喘ぎながら、ありったけの精汁をドクンドクンと勢いよくほとばしらせてしまった。

「ク……、ンン……」

喉の奥を直撃され、小夜が微かに眉をひそめて呻いた。しかし吸引と舌の蠢きは止めず、熱い噴出を受け止めてくれた。

余吉は最後の一滴まで吸い出され、溶けてしまいそうな快感の中でグッタリと身を投げ出した。小夜は含んだまま、口に溜まった精汁をゴクリと飲み込み、ようやくチュパッと口を離した。

さらに鈴口から滲む余りの雫まで舐め回し、すっかり綺麗にしてから顔を上げた。

「こんなに濃くて多いものが、すごい勢いで飛ぶとは思いませんでした。それに、やはり大きくて硬いです。喉につかえそうなほど……」

小夜は目をキラキラさせ、頬を上気させながら感想を述べた。清治郎の教育もあるだろうが、見かけによらず案外淫気も好奇心も旺盛なのかも知れない。

余吉は、余韻の中で呼吸を整えながら言った。

「お願いがあります。旦那様にしたのと、同じようにして下さいませ……」

「顔に足を乗せたりするのですよ。それでも構わないのですか」

「もちろんです。私は町人ですので、お小夜様こそどうかお心置きなく」

期待を込めて言うと、萎《な》える暇もなくまた一物がムクムクと鎌首を持ち上げはじめてしまった。

すると小夜も全裸のまま立ち上がり、彼の顔の方に近づいてきた。

いかに清治郎を相手に経験ずみとはいえ、さすがに全裸を下から見られることに慣れはしないだろう。

まして今は、無垢と思っている町人の小僧を相手にしているのだ。主筋ほど気は遣わなくても、初めての相手への羞恥心は大きいに違いなかった。

余吉は、顔の横に立った小夜を見上げた。華奢《きゃしゃ》な印象だったが、ニョッキリした脚は健康的で、ほのかに肌の匂いと温もりさえ感じられた。

「いいですか。まず旦那様は、このようにしろと」

小夜は、やや緊張に声を震わせ、壁に手を突いて身体を支えながら、そろそろと片方の足を浮かせ、足裏をそっと彼の鼻と口に乗せてきた。

生温かな感触を受け止めた余吉だったが、あまりに遠慮がちな踏み方なので、足首を摑んで押さえ、踵から土踏まずに舌を這わせた。

「ああッ……！」

小夜がビクリと脚を震わせ、声を洩らした。

余吉は舐め回し、縮《ちぢ》こまった指の股に鼻を押しつけて嗅いだ。そこはやはり羞恥と緊張により、また朝から働きづくめだったか、汗と脂でジットリ湿り、蒸れた匂いが濃厚に籠もっていた。

やはり武家も町人も、基本的な匂いに大差はないのだなと思った。

充分に武家の美少女の匂いを貪ってから、やがて余吉は爪先にしゃぶり付き、順々に指の間に舌を割り込ませていった。

「あん……、まるで、旦那様のよう……」

小夜が小さく喘ぎながら言い、彼の口の中で唾液に濡れた爪先を縮《ちぢ》こめた。

充分にしゃぶり尽くした余吉が口を離すと、小夜も心得たように足を交代させた。余吉は、新鮮な味と匂いを貪りながら、膝を震わせて喘ぐ彼女を見上げた。

色白の肌がほんのり桜色に染まり、可憐な陰戸と息づく乳房が見えた。

やがて舐め尽くすと、余吉は彼女の足首を掴んで顔を跨がせた。

「いいですか……」

小夜は彼を見下ろして、そろそろとしゃがみ込んできた。

白い脹ら脛と内腿がムッチリと張り詰め、生娘の陰戸が鼻先に迫ってきた。

やはり千代のように肉づきが良く、饅頭《まんじゅう》を二つ横に並べて押しつぶしたように丸みを帯びていた。

割れ目からは、僅かに小振りの花びらがはみ出していたが、千代に負けないほどヌメヌメと熱い淫水で潤っているではないか。

「触れて構いませんか……」

余吉は真下から言い、返事も待たず指を当てて陰唇を左右に広げた。

「く……」

小夜が、触れられて小さく呻き、ビクリと白い下腹を強ばらせた。

中の柔肉も綺麗な桃色で、花弁状に襞の入り組む膣口が可憐に収縮し、ポツンとした尿口も確認できた。包皮の下からは光沢あるオサネが顔を覗かせ、股間全体には悩ましい匂いを含んだ熱気と湿り気が籠もっていた。

堪《たま》らず腰を引き寄せ、楚々とした茂みに鼻を埋め込むと、甘ったるい汗の匂いが濃厚に沁《し》み付き、下へ行くにつれ残尿臭が悩ましく鼻腔を刺激してきた。

舌を這わせると、汗かゆばりのような味わいがあったが、奥からは淡い酸味のヌメリが湧き出してきた。

収縮する無垢な膣口を舌先でクチュクチュと掻き回し、ツンとしたオサネまで舐め上げていくと、

「ああッ……！」

小夜は熱く喘ぎ、思わず力が抜けたのか、ギュッと座り込もうとした。

オサネを舐めると、急激に潤いが増してきた。さらに余吉は白く丸い尻の真下に潜り込み、ひんやりと心地よい双丘に顔中を密着させ、谷間にひっそり閉じられた可憐な蕾に鼻を押しつけていった。

秘めやかな微香が生ぬるく籠もり、余吉は激しく興奮しながら美少女の匂いを貪り、舌を這わせた。

これも、やはり町人と同じような匂いだと思ったが、やはり武家娘という感激と興奮は大きかった。舌を這わせると細かな襞が震え、さらにヌルッと潜り込ませると滑らかな粘膜に触れた。

「あう……」

小夜が呻き、キュッと肛門で彼の舌先を締め付けてきたが、拒まないところを見ると、やはり清治郎も同じことをしていたのだろう。

余吉は充分に舌を蠢かせてから、再び陰戸に戻り、新たな淫水をすすり、オサネを舐め回

した。

「ね、お小夜様、ゆばりを放って下さい。果たせなかったことも、今ならあるいは」

余吉は、真下から思い切って言ってみた。

「よ、良いのですか、そのようなこと……」

「はい。お美しいお小夜様の出したものなら、こぼさずに飲みます」

小夜にその気があるのを察した余吉は、興奮しながら答えた。

なおも柔肉を舐め、オサネを吸っていると、小夜も下腹を強ばらせ、息を詰めて尿意を高めはじめたようだ。

おそらく、清治郎がそばで見ている気がするのだろう。そして彼にしてやれなかったことを、いま頑張って遣り遂げようとしているのだ。

「アア……、ほ、本当に、出る……」

たちまち小夜が声を上ずらせ、ヌメリの味わいが急に変化してきた。

やはり町人相手だから、いくらも待たずに出せたのかも知れない。余吉は、自分が町人で本当に良かったと思った。

陰戸内部の温もりと味が変わり、やがてポタポタとゆばりの雫が滴り、ためらいがちにチョロチョロと放たれてきた。

「ああ……」

小夜は声を洩らし、弱々しい流れだが放尿をはじめた。

余吉は舌に受け、割れ目に直に口を付け、噎せないよう気をつけて飲み込んだ。

味や匂いを堪能する余裕はなく、とにかく布団を濡らさぬよう懸命に喉に流し込んでいたが、それほど溜まっていなかったのか、勢いが付いたのは一瞬だけで、すぐに流れは弱まり、再び点々と滴るだけになってしまった。

余吉はあらためて淡い味と匂いを貪りながら、余りの雫をすすった。

やはり美少女から出るものは味も匂いも上品で、何の抵抗もなく飲み干せたことが嬉しかった。

舐めていると、たちまち残尿の味わいは消え、新たに溢れた淫水の淡い酸味とヌラつきが陰戸内部に満ちていった。

「い、いい気持ち……」

朦朧《もうろう》となりながら喘ぐ小夜は、彼の顔の左右に両膝を突き、もうためらいなく陰戸を押しつけていた。

余吉も残り香を味わい、滴るほどに漏れてくる蜜汁をすすりながら、早く情交したい思いで一物を震わせるのだった。

五

「い、いいですか……、入れてみます……」

やがて小夜が言い、余吉の顔からゆっくりと股間を引き離していった。

「どうか、上からお入れくださいませ……」

余吉は仰向けのまま言い、小夜も素直に彼の股間へと移動した。清治郎に奉仕する側だったので、相手が仰向けの方が慣れているのだろう。

「もうこんなに硬く……」

小夜は勃起している一物を見下ろして嘆息混じりに言い、屈み込んでそっと亀頭をしゃぶってくれた。

そして唾液に濡らしただけですぐに口を離し、身を起こして彼の股間に跨がってきた。

清治郎とこうして何度も交接するよう試したのだろう。

小夜は息を詰めて幹に指を添え、先端を陰戸に押しつけ、位置を定めてゆっくり腰を沈み込ませてきた。

張りつめた亀頭が、生娘の膣口を丸く押し広げて潜り込むと、あとは彼女の重みとヌメリに助けられ、ヌルヌルッと根元まで呑み込まれていった。

「アアッ……！」

完全に座り込み、股間が密着すると、小夜はビクッと顔をのけぞらせて喘いだ。

さすがに膣内はきつく締まり、熱いほどの温もりが彼自身を包み込んだ。

とうとう、生娘と情交してしまったのだ。しかも相手は武家娘である。余吉は畏れ多いほどの感激と快感に身震いし、感触と温もりを味わった。

小夜は上体を反らせたまま、破瓜《はか》の痛みにしばし硬直していたが、膣内は息づくような収縮が繰り返されていた。

余吉も、小夜と一つになり、初めての生娘の感触を嚙み締めながら内部でヒクヒクと幹を震わせた。

「ああ……」

やがて小夜が声を洩らし、身を重ねてきた。

余吉は、形良い乳房に顔を埋め、桜色の乳首にチュッと吸い付いた。

顔中を柔らかく張りのある膨らみに押しつけ、硬くなった乳首を舌で転がしたが、小夜の全神経は股間に集中しているようで、特に乳首への反応はなかった。

余吉は左右の乳首を交互に含み、充分に舐め回してから、さらに腋の下にも顔を埋め込んでいった。

和毛《にこげ》に鼻を擦りつけると、甘ったるい汗の匂いが可愛らしく籠もり、彼は堪らなくなって、そろそろと股間を突き上げはじめた。

「あう……」

「痛みますか」

「ええ、少し……、でも大丈夫です……」

小夜は呻きながらも健気《けなげ》に答え、突き上げに合わせて徐々に腰を遣ってくれた。

今までさんざん清治郎の舌や指に愛撫され、何度も挿入しかけたのだから、何も知らない生娘とは違うのだろう。

確かに大量の蜜汁が溢れて動きを滑らかにさせ、ふぐりまで生温かく濡らしてきた。

余吉は両手でしがみつきながら白い首筋を舐め上げ、可憐な唇に迫った。

清らかな唇が開き、白く滑らかな歯並びが覗いた。その間からは熱く湿り気ある、甘酸っぱい芳香の息が洩れていた。

鼻を押しつけて嗅ぐと、口の中の果実臭とともに乾いた唾液の匂いもほんのり混じり、その刺激が直に一物に伝わっていった。

ぴったりと唇を重ねて柔らかな感触を味わい、舌を差し入れると小夜もネットリとからみつけてくれた。

生温かな唾液が心地よく舌を濡らし、余吉は武家の美少女の唾液と吐息に酔いしれながら生娘に対する気遣いも忘れ次第に激しく動いてしまった。

「どうか、唾をもっと……」

口を触れ合わせたまま囁くと、小夜もことさらに多くの唾液をトロトロと吐き出してくれた。これも、清治郎に何度も求められたことなのだろう。

余吉は、小泡の多いトロリとした唾液で喉を潤し、もう突き上げが止まらず、そのまま絶頂に達してしまった。

「く……！」

突き上がる大きな絶頂の快感に呻き、彼は熱い大量の精汁をドクンドクンと勢いよく柔肉の奥にほとばしらせた。

「アア……、出てるのね。熱いわ……」

噴出を感じると小夜も声を上ずらせ、激しく腰を遣ってくれた。

余吉は心地よい肉襞の摩擦の中、心置きなく最後の一滴まで出し切り、すっかり満足して徐々に動きを弱めていった。

やがて完全に動きを止めて身を投げ出すと、小夜もグッタリと身を重ね、膣内を収縮させながら荒い呼吸を繰り返した。

余吉は、彼女の重みと温もりを受け止め、甘酸っぱい息を間近に嗅ぎながら、うっとりと快感の余韻に浸り込んだ。

「何やら、旦那様が乗り移ったようです……」

小夜が、息を弾ませて囁いた。

恐らく性癖が似ているのだろうが、やはり男というものは年齢に関係なく、美女から出るものを欲するものなのだろう。

「きっと、私たちをご覧になって、喜んでくれていると思います」

「ええ……」

余吉は答えたが、もちろん清治郎の霊魂が見ていたとしても気味悪くはなかった。むしろ小夜と、こうして一つになれたのだから感謝したいぐらいである。

「でも、私と情交したことは、澪様には内緒にして下さいね。余吉さんが斬られたら困ります」

「え……？」

言われて、思わず余吉は聞き返した。

「どうも澪様は、私を好いているようなのです。男のような気持ちで」

「そうなのですか……」

女同士に執着してしまうというのも、澪が嫁《とつ》がぬ理由の一つなのかも知れない。

「だから、ご自身の父上が私に色々求めていたことは、今まで心の負担になっていたはずです」

「澪様から、何か求められたことは？」

「何度も抱き締められ、口吸いをされましたが、それだけです」

「うわ……」

あの美しく颯爽《さっそう》とした男装の澪が、可憐な小夜と唇を重ねているところを想像し、余吉は思わず興奮に声を洩らした。

「そ、それで、舌も入りましたか」

「ええ……、でも、これ以上は出来ないと仰《おっしゃ》って、必死に我慢していました」

小夜の言葉に、余吉自身は内部でまたムクムクと回復してきてしまった。

「あん、また中で大きく……」

小夜も気づいて喘ぎ、キュッと締め付けながら腰をくねらせた。

「お小夜様は、澪様と舌をからめるのは嫌でありませんでしたか？」

「嫌も何も、私は何でも澪様の言いなりです……」

小夜が言い、余吉は女同士の行為を聞いて完全に元の大きさと硬さを取り戻し、もう一度射精しなければ治まらないほど高まってしまった。

余吉は、徐々に突き上げを再開しはじめた。

「アア……、どうか、今度は余吉さんが上に……」

小夜が言い、彼の肩に腕を回してシッカリしがみついてきた。

余吉は挿入したまま、ゆっくりと一緒に寝返りを打ち、彼女の脚を踏まないよう気をつけながら上になっていった。

本手（正常位）になり、余吉は小夜にのしかかりながら律動を続けた。屈み込んで左右の乳首を味わい、何度も口吸いをして美少女の唾液と吐息を味わいながら、じわじわと高まっていった。

「ああ……、何だか、奥が熱くて、いい気持ちに……」

小夜が目を閉じ、自身の奥に芽生えかけた何かを探るように言った。

余吉も腰を突き動かし、股間をぶつけるように激しく動きはじめてしまった。

茶臼で組み敷かれるのも良いが、上になると動きが自在になり、果てそうになると勢いを弱めて一息つくことも出来た。

「アア……、もっと強く、乱暴にして……」

淑やかな小夜が次第に声を上ずらせて口走り、ズンズンと股間を突き上げてきた。そんな様子に余吉も激しく興奮を高めた。

彼女は両手を回し、余吉の背に爪まで立ててきた。

清治郎の教育があったとはいえ、あるいは本来から濡れやすく、快楽に貪欲《どんよく》なたちだったのかも知れない。

膣内の収縮も高まり、そのまま余吉は昇り詰めてしまった。

「い、いく……」

絶頂の快感に口走り、余吉は勢いよく精汁を噴出させた。

「あぁッ……、き、気持ちいいッ……！」

小夜も声を上げ、何度も弓なりに身を反らせて腰をくねらせた。

まだ本格的に気を遣ったわけではないだろうが、驚くべき成長ぶりで、貪るように膣内を締め付けてきた。

全て出し尽くした余吉は精根尽き果てたように動きを止め、遠慮なく小夜に体重を預けていった。

彼女も硬直を解いてグッタリとなり、荒い呼吸を繰り返した。

余吉は、清治郎の遺志を果たしたような心持ちで余韻を味わい、いつまでも小夜に重なっていた。

第三章　生娘たちの激しき淫気

一

「ねえ余吉、またお願い……」

昼過ぎ、千代が離れにやって来て言った。

彼女も、舐められる快楽を覚えてからというもの、すっかりしおらしくなって、以前のような意地悪はしなくなっていた。

今日は朝から雨だった。鶴屋は店を閉め、菊枝は清治郎の葬儀の手伝いで入谷の吉村家へ行っていた。弔問客に出す賄いのため、小夜と一緒に厨で働き、戻るのは夕刻ということだった。

つまりは家の中に二人きりということで、千代の行動も大胆になっていた。

「ねえ、今日は全部脱いで」

千代は言って、自分も帯を解きはじめた。

余吉も作業中の文机の前を離れ、床を敷き延べて着物を脱いでいった。

もちろん廊下に足音が聞こえたときから、千代の淫気を感じ取ったように彼は勃起しはじめていた。

千代の表情には、どうやら淫気と好奇心だけでなく、思い詰めたような覚悟の色が見えた。

余吉が全裸になって先に横になると、彼女も腰巻まで脱ぎ去り、一糸まとわぬ姿になって添い寝してきた。

白い乳房は実に柔らかそうで、豊満な菊枝に似たか、小夜より大きめだった。

「ねえ、お乳吸って……」

千代が誘うように胸を突き出してきた。腕枕される形になった余吉は、薄桃色の乳首にチュッと吸い付いた。

「ああ……」

千代はすぐに熱く喘ぎはじめ、彼の顔をギュッと膨らみに押しつけた。

顔中が柔らかな乳房に埋まった余吉は、心地よい窒息感の中で懸命にチロチロと乳首を舐め回した。

「いいわ、すごく気持ちいい……」

千代はクネクネと身悶えながら息を弾ませ、さらにきつく抱きすくめてきた。

余吉は充分に舌を動かし、ほんのり汗ばんだ胸元や腋から漂う甘ったるい汗の匂いに酔いしれた。

そして彼女の手が緩むと、もう片方の乳首にも吸い付き、執拗に舌で転がした。

「身体中、好きなようにして……」

千代は仰向けになって言い、完全に受け身の体勢になった。

彼ものしかかるようにして左右の乳首を交互に吸い、さらに腋の下にも顔を埋め込んでいった。

うっすらと生えた和毛に鼻を擦りつけると、甘ったるい生娘の体臭が馥郁《ふくいく》と鼻腔を満たしてきた。ぽっちゃり型で汗っかきなので、小夜より匂いが濃く、余吉は胸を震わせながら吸い込んだ。

そして滑らかな脇腹を舐め下りていくと、

「アア……、くすぐったくて、いい気持ち……」

千代が身悶えながら喘ぎ、さらに濃厚な匂いを揺らめかせた。

余吉は腹の真ん中に移動し、愛らしい臍を舐め、白く張り詰めた下腹から腰に舌を這わせていった。

肝心な部分には触れず、ムッチリとした太腿へ降り、さらに脚を舐め下りた。

足首を摑んで浮かせ、足裏を舐め、指の股に鼻を押しつけて、汗と脂に湿って蒸れた匂いを貪り、爪先にもしゃぶり付いた。

「あうう……、嫌じゃないのね……」

千代は朦朧としながら、指を縮こめた。

余吉は全ての指の股を舐め、もう片方にもしゃぶり付き、味と匂いを存分に堪能した。

そして腹這いになって脚の内側を舐め上げ、股間に顔を進めていくと、千代もためらいなく両膝を左右全開にしてくれた。

白く張りのある内腿を舐め上げ、中心部に迫ると悩ましい匂いを含んだ熱気が顔中を包み込んできた。

生娘の陰戸は、すでにヌラヌラと大量の蜜汁にまみれ、興奮に陰唇を色づかせて震えていた。そっと指を当てて広げると、無垢な膣口が襞を息づかせていた。オサネも光沢を放ってツンと突き立ち、余吉も堪らず顔を埋め込んでいった。

柔らかな若草に鼻を擦りつけると、汗とゆばりの匂いが悩ましく鼻腔を刺激し、舌を這わせると淡い酸味のヌメリが溢れてきた。

「アア……、いい気持ち……」

膣口からオサネまでゆっくり舐め上げていくと、千代が顔をのけぞらせて喘ぎ、キュッと内腿で彼の両頬を挟み付けてきた。

余吉はもがく腰を抱え込みながら、チロチロと小刻みにオサネを舐め回し、新たに溢れてくる淫水をすすった。

さらに彼女の脚を浮かせ、白く丸い尻の谷間にも顔を押しつけ、双丘に密着させながら可憐な薄桃色の蕾に鼻を埋め込んだ。汗の匂いに混じり、秘めやかな微香が籠もり、悩ましく鼻腔を刺激してきた。

余吉は美少女の恥ずかしい匂いを貪りながら、舌先で蕾を舐め回し、唾液に濡れた細かな襞にヌルッと潜り込ませた。

「あう……！」

千代が呻き、モグモグと味わうように肛門で彼の舌先を締め付けてきた。

余吉は充分に滑らかな粘膜を味わい、鼻先に滴る淫水を舐め取りながら、再び陰戸に舌を戻していった。

「い、いきそう……、待って……」

オサネに吸い付くと、千代は彼の顔を股間から引き離した。

どうやら、早々と気を遣ってしまうのを惜しんだらしい。身を起こした彼女は、入れ替わりに余吉を仰向けにさせた。

「今度は私がしてあげる……」

千代が熱く囁き、余吉の胸に舌を這わせてきた。そしてチュッと乳首に吸い付かれると、彼は震えるような快感に身悶えた。

「ああ……」

「男でもお乳が感じるのね。ねえ、どうされたい？」

千代が、彼の反応を見て言った。

「そっと、嚙んで下さい……」

「いいわ、こう？」

言うと、千代は彼の乳首に吸い付き、綺麗な歯でキュッと挟み付けた。

「アア……、もう少しだけ強く……」

余吉が甘美な痛みと快感に喘いで言うと、千代も加減しながらモグモグと嚙んでくれた。

そして彼女は左右の乳首を愛撫し、さらに脇腹や腹にも歯を食い込ませながら下降していった。

やがて千代は余吉を大股開きにさせ、その真ん中に陣取って顔を寄せてきた。

「ど、どうか、そこだけは嚙まないで下さいませ。内腿ならいくらでも構いませんので」

「分かってるわ」

少し不安になって言うと、千代も股間から答え、まずはふぐりに舌を這わせてくれた。

舌先でチロチロと二つの睾丸を転がし、袋全体を唾液に濡らしてきた。

「ああ……」

余吉は、ゾクゾクする快感に喘いだ。股間に美少女の熱い息が籠もり、たまにチュッと吸われると、急所だけに思わずビクリと腰が浮いてしまった。

さらに千代は彼の腰を浮かせ、尻の谷間にまで舌を這わせてきたのだ。

「お、お嬢様、いけません、そこはどうか……」

「いいのよ。私が舐めたいの。だからじっとしていて」

申し訳なさに言ったが、千代はためらいなくヌラヌラと肛門を舐めてくれ、さらに舌先をヌルッと潜り込ませた。

「あう……」

余吉は妖しい快感に呻き、思わずキュッと美少女の舌先を肛門で締め付けた。

千代は、自分がされたように内部で舌を蠢かせてからすぐ引き抜き、彼の脚を下ろし、再びふぐりをしゃぶってから、とうとう肉棒の裏側を舐め上げてきた。

舌先がゆっくりと幹を舐め上げ、先端に達すると、鈴口にも舌が這い回り、滲む粘液が舐め取られた。

そして、丸く開いた口でスッポリと呑み込んできたのだ。

「アア……」

余吉は快感に喘ぎ、美少女の温かく濡れた口の中で一物を震わせた。

千代は深々と含み、上気した頬をすぼめて吸い付き、熱い鼻息で恥毛をそよがせた。

内部ではクチュクチュと舌が蠢き、たちまち肉棒全体は彼女の清らかな唾液にどっぷりと浸り込んだ。

「い、いきそう……」

余吉が腰をよじり、降参するように言うと、すぐに千代はスポンと口を引き離した。

「入れてみたいわ。どうすればいい？」

やはり彼女は情交を試したかったのだと余吉は思った。

「私がお嬢様を犯すわけにいきませんので、どうか上から跨いで下さいませ。その方が好きに動けるし、痛ければすぐ止められます」

仰向けのまま言うと、千代も跨がってきた。そして幹に指を添え、自らの唾液に濡れた先端に陰戸を押し当て、位置を定めた。

そのまま意を決したように息を詰め、千代はゆっくりと腰を沈み込ませてきた。

肉棒は、ヌルヌルッと滑らかに呑み込まれてゆき、余吉は、とうとう世話になっている母娘の両方と交わってしまったと思った。

やがて千代は深々と受け入れ、ぺたりと座り込んで股間を密着させてきた。

二

「ああッ……、お、奥が熱いわ……」

千代は顔をのけぞらせたまま、破瓜の痛みに眉をひそめ、声を上ずらせた。

さすがに膣の中は狭く、キュッときつく締め付けられながら余吉も生娘の温もりと感触を嚙み締めた。

これで二人目の生娘と一つになったのである。

やがて千代は、上体を起こしていられなくなったように身を重ねてきた。

余吉も抱き留め、全身で千代の肉体を味わった。

胸に押しつけられた柔らかな乳房が弾み、恥毛が擦れ合い、コリコリする恥骨も感じられた。

「大丈夫ですか」

「ええ……、平気よ……」

気遣って囁くと、千代が健気に答えた。

余吉は甘酸っぱい息の弾む口に鼻を当て、美少女の果実臭を胸いっぱいに嗅ぎ、その刺激でヒクヒクと一物を震わせた。

「ああ……、動いてるわ……」

千代がキュッキュッと異物を確認するように締め付けながら言い、やがて上からピッタリと唇を重ねてきた。

余吉が柔らかな唇の感触と唾液の湿り気を味わうと、すぐに千代は口を開いてヌルリと舌を侵入させてきた。余吉も受け入れて吸い付き、ネットリと舌をからみつかせ、滑らかな感触と唾液の潤いを味わった。

「ンン……」

千代は熱く鼻を鳴らし、執拗に舌を蠢かせ、生温かな唾液をトロトロと注ぎ込んだ。

美少女の唾液と吐息に酔いしれた余吉はつい、小刻みに股間を突き上げはじめてしまった。

「アア……」

千代が、淫らに唾液の糸を引いて顔をのけぞらせて喘いだ。

「止《よ》しましょうか」

「大丈夫よ、もっとゆっくり……」

余吉が囁くと千代は答え、自分からも緩やかに腰を遣いはじめた。

「お前は気持ちいい？」

「ええ、とっても……」

「どうしてほしい？」

「舐めて下さいませ……」

再び彼女のかぐわしい口に鼻を押しつけて言うと、千代も嫌がらず、ヌラヌラと舌を這わせてくれた。余吉は股間を突き上げて肉襞の摩擦に包まれ、甘酸っぱい口の匂いで鼻腔を刺激された。

しかも千代は、そっと彼の鼻の頭に歯も立ててきたのだ。その刺激に、余吉はあっという間に昇り詰めてしまった。

「い、いく……、ああッ……！」

突き上がる快感に喘ぎ、彼はありったけの精汁を勢いよくドクドクと内部にほとばしらせてしまった。

「あうう……、感じるわ……」

千代が噴出を受け止めて呻き、飲み込むようにキュッキュッと膣内を締め付けてきた。

余吉は最後の一滴まで全て出し切り、すっかり満足しながら余韻に浸り、徐々に動きを弱めていった。

やがて彼がグッタリと身を投げ出すと、千代も動きを止めてもたれかかってきた。

初回だから痛みの方が大きく、まだ快楽を得るには程遠いようだ。

余吉が荒い呼吸を繰り返して静かになると、千代も気が済んだようにそろそろと股間を引き離し、ゴロリと添い寝してきた。

余吉は急いで呼吸を整えて身を起こし、懐紙で手早く一物を拭い、彼女の股間に潜り込んでいった。

陰唇は痛々しくめくれ、膣口から逆流する精汁には、うっすらと血の糸が走っていた。

彼は丁寧に拭いてやり、やがてもう一度横になった。

千代は、思いのほか余吉が気遣うほどの衝撃は得ていないようで、元気に身を起こし、彼の股間を見下ろしてきた。

「とうとうしちゃったわ、お前と……」

千代はそっと指を伸ばして幹に触れてきた。

「ああ……」

愛撫され、余吉は過敏にヒクヒクと反応しながら喘いだ。

しかし千代は容赦なくいじり回し、一物も強引にムクムクと回復していった。

「また硬くなってきた……。痛いわけだわ、これが入ったのだから……」

彼女は独りごちるように言い、また屈み込んで先端を舐め回し、自分の淫水と精汁にまみれた亀頭にしゃぶりついてきた。

頬をすぼめてチュッチュッとお行儀悪く音を立てて吸い、喉の奥までスッポリ呑み込み、内部で舌を蠢かせながら熱い鼻息を恥毛に籠もらせた。

「アア……、また……」

余吉はすっかり淫気を甦らせ、腰をくねらせて喘いだ。

すると千代は、深々と含んだまま身を反転させ、彼の顔に跨がってきたのだ。まさに根付けで彫った逆さ椋鳥の体位である。

逆向きになったので、しゃぶり付いている彼女の鼻息がふぐりをくすぐり、余吉が陰戸を舐めると目の前で薄桃色の肛門が可憐に震えた。

「ンン……」

千代が熱く鼻を鳴らして吸い付き、彼の口にオサネを押しつけてきた。

やはり挿入されるより、舐められる方が心地よいのだろう。

もう出血は止まり、新たな蜜汁がトロトロと溢れ、オサネを弾くように舐めるたび彼女の吸引も反射的にチュッと強まった。

余吉も美少女にしゃぶられ続け、もう一回出さないことにはおさまらないほど高まってきてしまった。

と、千代がスポンと口を離した。

「ねえ余吉、ゆばりを出したくなったわ。お前、飲める？」

余吉は驚いた。

清治郎のように、いくら懇願しても果たせなかった小夜のような娘もいれば、千代のように自分から出し、相手を支配し虐げたい性格の娘もいるのである。

「え、ええ……、構いません……」

「そう、飲めたら、私もお前の精汁を飲んであげるわ」

千代は言い、再び亀頭にしゃぶり付いて、陰戸を彼の口に押しつけてきた。

余吉も身構えるように舐めながら、迫り出すように盛り上がる柔肉を観察した。

「ウ……」

尿意を高めていた千代が含んだまま呻き、柔肉の味わいが変わってきた。

やがて温かな雫がポタポタと滴り、チョロチョロとした一条の流れになって余吉の口に注がれた。

余吉は夢中で受け止め、小夜に似て淡い味と匂いを噛み締めながら喉に流し込んだ。

さすがに千代も緊張があったか、流れは途切れ途切れで、間もなくおさまってしまった。

何とか飲み干した余吉は余りの雫を舐め取りながら、高まる興奮に任せて小刻みに股間を突き上げた。

千代も興奮しながらスポスポと顔を上下させて摩擦してくれ、たちまち余吉は絶頂に達してしまった。

「あうう……」

陰戸に顔を押しつけ、美少女の匂いに包まれながら余吉は快感に呻き、熱い精汁をドクンドクンとほとばしらせてしまった。

「ンン……」

喉の奥を直撃された千代は呻き、それでも最後まで吸い出してくれた。

余吉は快感に身悶え、新たな淫水の湧き出す陰戸を貪りながら、最後の一滴まで心置きなく出し尽くした。

　そしてグッタリと身を投げ出して力を抜くと、千代も亀頭を含んだまま、口に溜まったものをゴクリと飲み下してくれた。

「く……」

　嚥下されるたび口腔がキュッと締まる、駄目押しの快感に呻き、余吉は彼女の口の中でピクンと幹を震わせた。

　やがて彼女も全て飲み干し、ようやく口を離した。

「美味しくないわ。生臭い……」

　それでも千代は嚙みついたりはせず、彼の顔から股間を引き離して添い寝してきた。余吉は腕枕してもらい、甘い体臭に包まれながら、うっとりと快感の余韻を味わった。

「いじって……」

　まだ快楽を欲する千代は、余吉を胸に抱きながら、彼の手を取って股間へと導いた。

　余吉も呼吸を整えながら、割れ目をいじり、淫水の付いた指でオサネを擦ってやった。

　指の腹で、小さく円を描くように動かし続けると、

「ああ……、いい気持ち……、余吉、もっと……」

　彼女は熱く喘ぎながらきつく抱きすくめ、激しく身悶えはじめた。

　そして余吉がオサネを刺激し続けるうち、

「い、いく……、アアーッ……！」

ガクンガクンと狂おしく痙攣しながら声を上ずらせて喘ぎ、彼にしがみつきながらたちまち気を遣ってしまったのだった。

三

「余吉、また入谷へ行っておくれ。澪様が手伝って欲しいって」

翌日の昼過ぎ、菊枝に声をかけられた余吉は仕事を中断した。どうやら澪が屋敷を出て暮らすための手伝いだろう。

雨の中、彼は傘を差して鶴屋を出た。

梅雨の晴れ間は、先日の僅かの間だけで、また昨日から雨が続いていた。

ざっと降ってかららりと晴れるのを男梅雨というのに対し、じとじとと長雨になるのを女梅雨という。今年は、この女梅雨のようだった。

しかし蒸し暑い日が続いていたので、雨は心地よかった。

町を歩きながら余吉は、すでに三人もの女を知っている、道行く人は誰も知るまいと、誇らしい気持ちになっていた。

やがて入谷の家に着き、傘を畳んで勝手口から訪れた。

するとと小夜ではなく、男装に脇差を帯びた澪が出てきたのだ。

「呼び出して済まぬ。上がってくれ」

余吉は雑巾《ぞうきん》で足を拭いて上がり込んだ。

「小夜は居らぬ。屋敷の方で色々片付けを頼まれている」

澪が言った。どうやら屋敷の方でも、清治郎の私物整理があるのだろう。

室内を見ると、特に荷が運ばれてきた様子はない。清治郎の布団や茶碗をそのまま使うようだった。僅かに着替えなどを持ち込んだだけらしい。

そして座敷には、床が敷き延べられていた。

「それで、何をお手伝いしましょうか」

「男の身体を知ってみたい」

「え……？」

澪の思い詰めたような怖い表情に、思わず余吉は聞き返した。

一瞬、小夜との関係を知られたのではと思ったが、そうではなさそうだった。澪は相当に緊張していた。

とにかく澪は、余吉に座るように言い、自分も布団の脇に腰を下ろした。

「父の持っていた春画を見たとき、交接はともかく舐めるなど、このようなこと誰がするのかと思った。春本の中だけのことで、実際にするのはよほどの痴《し》れ者かと思ったが、小夜に聞くと全て父は求めていたという」

「はあ……」

「世の中の男は、皆そうしたものなのだろうか。お前はどう思う」

「お武家様のことは存じませんが、ごく普通に、好きな女にならば求めると思います」

余吉は、無難な答えをした。

「お前は、もう女を知っているのか。あのような根付けを彫るのだから」

「ま、まだ存じません。春画を元に、忠実に彫っているだけですので……」

彼は、無垢なふりをした。

どうやら澪も、二十三になってまだ完全に無垢なようだった。

「左様か。それでお前も、やはり陰戸を舐めてみたいと思うのか」

澪は、ほんのり頬を上気させ、切れ長の目を煌《きら》めかせて言った。

「思います……」

「なぜ。ゆばりを放つような不浄なところではないか。まして男が、女の股座《またぐら》に顔を突っ込むなど」

「いえ、陰戸は子を産む聖なる場所と思います」

「ならば私の陰戸も舐めたいと思うか」

「もちろんです。ただ無垢ゆえ、舐める前につぶさに見てみたいです」

余吉は、澪と情交出来るのではないかという畏れ多い期待に胸を震わせながら答えた。

「根付けを作るためか」

「いいえ、男として切に見てみたいのです」

余吉が言うと、澪も意を決したように頷《うなず》いた。

「よし、脱ごう。私も、この年まで無垢であった。お前と同じく、男の身体を見てみたい」

彼女は立ち上がり、脇差を抜いて置き、袴の前紐を解きはじめた。

余吉も緊張しながら帯を解き、促されるまま着物を脱いでいった。

そして下帯を解き、恐る恐る身体を縮めながら布団に横たわった。

澪も、いったん決めたらためらいなく、てきぱきと袴を落とし、着物と襦袢まで脱ぎ去った。胸には晒しを巻いていたが、それも解いた。小振りだが張りのありそうな乳房が現れ、さらに男のような下帯まで脱ぎ去ると、たちまち一糸まとわぬ姿になった。

「先に見たい……」

澪は引き締まった身体で傍らに座り、寝ている余吉を見下ろしてきた。

余吉は、仰向けのまま直立不動の姿勢で身を硬くしていた。

期待と興奮はあるが一物は萎えたままだった。勃起していたら、淫気を抱いていると咎められそうな気がしていたので、身体がそのように合わせたのかも知れない。

「色の白い、女のような肌……」

澪は言い、彼の胸から腹を撫で回し、やがて熱い視線を一物に釘付けにさせた。

そして恐る恐る萎えた幹をつまんだり、ふぐりを包み込んでコリコリと睾丸を確認したりした。

すると肉体は正直に反応し、ムクムクと鎌首を持ち上げ、かぶった包皮からツヤツヤと光沢ある亀頭が顔を出し屹立していった。

「大きくなった。いじられて反応するのか」

「はい……」

「なるほど、いじられて感じたり淫気を催すと、このように硬くなり交接できるようになるのか……」

澪は勃起した幹や亀頭をいじり、感触や硬度を確かめるようにニギニギと動かしてきた。

「私は幼い頃から男になりたくて、これが欲しくてならなかった。兄にはあるのに、私には付いていなかったのだ……」

澪が愛撫しながら言う。もちろん兄の一物を見たのは幼い頃で、勃起した状態を見るのは生まれて初めてなのだろう。

「いじり続けると、精汁が出るのか。そのときはことのほか心地よいと聞くが」

「はい……」

「自分ではするのだな？」

「致します……」

「このような動きで良いか。出るところを見てみたい」

澪が両手で押し包み、錐揉《きりも》みするように動かしてきた。

「ああ……」

旗本の娘にいじられる畏れ多い快感に、余吉は喘いだ。

「強すぎるか」

「いえ……、唾を垂らして濡らして頂けると……」

「なるほど、私の指は竹刀《しない》だこがあるから、滑らかな方が良いのだな」

澪は握りながら屈み込み、形良い唇をすぼめ、そっと唾液を先端にトロリと垂らしてくれた。

生温かな感触が伝わり、澪は指の腹に唾液を付け、ヌラヌラと鈴口を擦ってくれた。滲む粘液と美女の唾液が混じり合い、たちまち亀頭全体が濡れた。

するとさらに彼女は屈み込み、何とチロリと先端に舌を這わせてきたのである。近づいて唾液を垂らしたら、急に舐めることにも抵抗がなくなったのかも知れない。

「あ……、澪様、いけません……」

「なに、小夜もしたことだ。指より心地よいなら、じっとしておれ」

澪は言い、今度はパクッと亀頭を含んできた。そして熱い鼻息を恥毛に籠もらせながら、上気した頬をすぼめて吸い付いた。

「あうう……」

強く吸われ、内部では舌の表面が滑らかに蠢き、舌鼓《したつづみ》でも打つように挟み付けられた。

清治郎の調教を受けていた小夜の方が技巧は上だが、何しろ澪は貪るような強い吸引と長い舌の小刻みな蠢きに長《た》けていた。

まして同じ武家でも、小夜よりずっと上位の旗本である。

余吉は急激に高まり、まるで美しい牝獣に貪り食われているような快感に包まれ、いくらも我慢できなかった。

射精するというよりも、澪に強引に吸い出される感じである。

「い、いく……、どうか、お止め下さい……、アアッ……！」

とうとう絶頂の快感に全身を貫かれ、余吉は身を反らせながら激しい勢いで精汁をほとばしらせてしまった。

「ンン……」

澪は噴出を受け止めて熱く鼻を鳴らし、なおも吸い取ってくれた。

ドクドクと脈打つような調子が無視され、何やらふぐりから直に吸い出されているようで、通常の射精とはまた違う強烈な快感があった。

逆に、澪の意思で吸い出されたため、武家女の口を汚してしまったという戦《おのの》くような感情は薄くなった。

全て出し切り、余吉はグッタリと身を投げ出した。

もう出ないと知ると澪も吸引を止め、口に溜まったものをゴクリと飲み下し、ようやく口を離してくれた。そしてなおも幹をしごき、鈴口から滲む白濁の雫までペロペロと念入りに舐め取った。

「あう……」

余吉は過敏に反応し、呻きながら腰をくねらせた。

「生臭い……。だが人の種だ。飲んで力が付くような気がする……」

澪は、千代とは少し違う感想を洩らし、ようやく顔を上げて舌なめずりをした。

四

「さあ、今度はお前の番だ。見ても良いぞ」

澪は仰向けになって言った。呼吸を整えた余吉も身を起こし、女武芸者の肉体を見下ろした。

さすがに肩も二の腕も逞《たくま》しく、腹は筋肉が段々になっている。乳房は、それほど豊かではないが乳首は初々《ういうい》しい色合いで、感じやすそうな気がした。胸には晒しで締め付けた跡が残り、それもまた艶めかしかった。

股間の翳りは楚々とし、太腿も荒縄をよじり合わせたような筋肉が逞しかった。

これで一物があれば、とびきり美しい青年武士であろう。

「あの、お乳を吸っても構いませんか……」

「良い。どこをどのようにしても構わぬ」

恐る恐る言うと、澪が身を投げ出して答えた。

余吉は屈み込み、薄桃色の乳首にチュッと吸い付き、顔中を張りのある膨らみに埋め込んだ。胸元や腋からは、甘ったるい濃厚な汗の匂いが漂っている。あるいは今日も道場で稽古してきたのかも知れないと思った。

「う……」

舌で乳首を転がすと、澪も小さく呻き、引き締まった肌をビクリと震わせた。

余吉は、次第にコリコリと硬くなってきた乳首を弾くように舐め、もう片方も含んで充分に愛撫した。澪の息遣いも少しずつ荒く弾んできて、逞しい肉体もうねうねと悶えはじめていった。

さらに彼は澪の腋の下にも顔を埋め込んだ。ジットリ湿った腋毛に鼻を押しつけると、何とも濃厚で甘ったるい体臭が胸に沁み込んできた。

「いい匂い……」

「嘘……、汗臭いだけだろうに……」

思わず言うと、澪もすっかりしおらしい声音になって答えた。

余吉は鼻を擦りつけ、美女の汗の匂いに噎せ返り、脇腹を舐め下りていった。

腹に移動すると、実に硬く引き締まっていた。彼は臍を舐め、張りのある下腹から太腿へと降りていった。

太腿も実に硬く、脛まで舌を這わせると体毛が実に野趣溢れる色気を醸し出していた。

足首を摑んで持ち上げ、道場の床を踏みしめる大きく頑丈な足裏に舌を這わせた。

「アア……、何をする、そのようなところを……」

「隅々まで知りたいのです。お嫌なら止しますが」

「嫌ではないが、汚いであろう……、あう！」

爪先にしゃぶり付くと、澪がビクッと顔をのけぞらせて呻いた。

太くしっかりした指の股は、汗と脂に生ぬるく湿り、濃厚で蒸れた匂いを籠もらせていた。

余吉は美女の足の匂いを貪り、桜色の爪を噛み、全ての指の間を念入りに舐め回した。

もう片方の足も充分に舐め、味と匂いを堪能してから、彼は腹這いになって、脚の内側を舐め上げて澪の股間に顔を進めていった。

「ああ……恥ずかしい……、人に見られるの、初めて……」

澪は、すっかり女言葉に戻って、それでも大胆に両膝を全開にしてくれた。

余吉は二十三歳になる生娘の陰戸に迫り、目を凝らした。

股間の丘には恥毛がふんわりと茂り、割れ目からはみ出す陰唇も実に初々しく清らかな桃色をしていた。

「失礼致します。触れます」

余吉は股間から言い、そっと指を当てて花びらを左右に開いた。

「く……」

触れられた刺激と羞恥に澪が呻き、内腿を強ばらせた。

張りのある陰唇が目いっぱい広がると、中のヌメヌメする柔肉が丸見えになった。

無垢な膣口は細かな襞が入り組んで息づき、ポツンとした尿口もはっきり見え、オサネは親指の先ほどもあった。

そして溢れる淫水が陰唇全体までネットリと潤わせ、股間に籠もる熱気と湿り気が余吉の顔中を包み込んだ。

彼はもう我慢できず、吸い寄せられるように顔を埋め込んでしまった。

柔らかな恥毛に鼻を擦りつけて嗅ぐと、腋に似た甘ったるい汗の匂いが濃厚に籠もり、それにほのかな刺激を含む残尿臭も心地よく鼻腔を掻き回してきた。

舌を這わせると、汗の味に混じった淡い酸味のヌメリが感じられた。

舌先で膣口を掻き回し、滑らかな柔肉をたどって大きめのオサネまで舐め上げていくと、

「アアッ……!」

澪が、内腿できつく彼の顔を締め付けながら熱く喘いだ。

自分も一物をしゃぶり、精汁まで飲んだのだから、舐められることは充分に予想していたことだろう。

オサネを舐めると、淫水の量が格段に増してきた。やはり頑丈で健康的な肉体だから反応

も大きく、ヌメリも実に多かった。

余吉は彼女の腰を浮かせ、引き締まった尻の谷間にも顔を潜り込ませ、可憐な蕾に鼻を埋め込んでいった。

細かな襞の震える蕾には、やはり汗の匂いに混じり秘めやかな微香が悩ましく籠もっていた。旗本も町人も、やはり同じように排泄し、似たような匂いになるのだと余吉は思い、興奮しながら匂いを貪り、舌先でチロチロと刺激した。

そして充分に唾液に濡らしてから、ヌルッと舌先を押し込んで味わった。

「く……、何をする……」

澪は驚いたように身を強ばらせて呻き、キュッと肛門で舌先を締め付けてきた。

しかし拒まなかったので、余吉も顔中を双丘に密着させ、心ゆくまで美女の粘膜を舐め回した。

やがて充分に舐め尽くすと舌を引き抜き、滴る淫水を舐め取りながら脚を下ろし、再び大きめのオサネに吸い付いていった。

乳首を含むように小刻みにオサネを吸い上げ、舌先でも弾くように刺激をすると、澪の下腹がヒクヒクと波打った。

「よ、余吉……、入れてみたい……」

すっかり快感を高めた澪が、声を上ずらせて言った。

どうやら彼女は、小夜のように、初体験の相手が町人でも構わないようだ。

もちろん余吉自身も舐めたり嗅いだりしているうちに、完全に元の大きさと硬さを取り戻していた。

舌を引っ込めて顔を上げると、澪が体勢を変えていった。

「春本で見た形を、色々試してみたい……」

彼女は言い、何と四つん這いになって尻を突き出してきたのだ。

「最初はこれ……」

澪が、最も無防備な体勢になってせがんだ。最初はと言うからには、これだけで終わらないのだろう。

余吉は暴発しないよう気を引き締めながら、膝を突いて身を起こし、澪の尻に股間を進めていった。

後ろ取り（後背位）で先端を膣口に押し当て、腰を抱えてゆっくり挿入していった。

張りつめた亀頭がズブリと潜り込み、あとはヌメリに任せて押し込んでいると、肉襞がヌルヌルッと心地よい摩擦を伝え、根元まで受け入れていった。

「アアッ……！」

澪が、筋肉の浮いた背中を反らせて喘いだ。

「痛くありませんか」

「大事ない。もっと突いて……」

気遣って言うと、澪はキュッときつく締め付けて答えた。

やはり過酷な剣術修行に明け暮れている澪は痛みに強く、むしろ初体験も新鮮な感覚として捉えているのかも知れない。

余吉が澪の腰を抱えて深々と押し込むと、下腹に尻の丸みが心地よく当たって弾んだ。

何しろ相手は逞しくても生娘である。彼はそろそろと腰を突き動かし、温もりと感触を味わいながら白い背に覆いかぶさっていった。そして両脇から手を回し、張りのある乳房を揉みながら、次第に腰の動きを速めた。

「ああ……、こんな格好で、獣のように犯されている……」

澪は顔を伏せたまま、熱く息を弾ませて喘いだ。

あるいは日頃は攻撃的な割に、こと淫気や快楽に関しては受け身になるたちなのかも知れないと余吉は思った。

「こうして……」

澪が言い、ゆっくりと体位を変えていった。四つん這いから腹這いになり、さらに横向きになったのだ。

　余吉は繋がったまま彼女の下の脚に跨がり、上の脚を両手で抱えるようにして互いの股を交差させた。燕返《つばめがえ》しという体位である。

「アア……、奥まで感じる……」

　澪が、実に艶めかしい表情で喘いだ。股が交差するため密着感が高まり、局部のみならず互いの内腿まで咥《くわ》え合うようだった。

　後ろ取りと違い、喘ぐ表情が見えるのが実に良かった。

　澪は、自分からも股間を押しつけるように腰をくねらせ、生娘とは思えぬほど痛みよりも快楽を優先させていた。

　さらに彼女が体勢を変えてきた。春本の体位を順々に体験したいようだ。

　深々と挿入されたまま澪は仰向けになり、余吉も彼女の脚を跨いで本手（正常位）まで持っていきながら身を重ねていった。

　澪も下から両手でしがみつき、ズンズンと股間を突き上げてきた。

　胸の下では張りのある乳房が押し潰れて弾み、恥毛が擦れ合い、コリコリする恥骨の膨らみも感じられた。

　余吉も本格的に、股間をぶつけるように動きながら高まっていった。

五

「余吉、まだいかないで。上も試したい……」

と、澪が言うので余吉も暴発を堪えて動きを止め、そろそろと身を起こして引き抜いていった。

仰向けになると、澪が入れ替わりに起き上がった。しかしまだ交接せず彼の股間に屈み込み、自分の初物を奪った一物に目を凝らした。

出血はなかったようで、肉棒は澪自身の淫水にヌラヌラとまみれていた。

「これが入ったのだな……」

澪は呟《つぶや》くように言い、幹を撫で回し、ふぐりに舌を這わせてくれた。

「ああ……」

余吉は、股間に熱い息を籠もらせて喘いだ。さっきの貪るような一物への吸引とは違い、舌の蠢きに慈しみのようなものが感じられた。あるいは最初の男として、彼は特別な扱いをされはじめているのかも知れない。

二つの睾丸が舌で転がされ、袋全体が唾液にまみれると、さらに彼女は余吉の両脚を浮かせ、尻の谷間にも舌を這わせてきた。

「い、いけません、澪様……」

「良い、お前もしてくれたことだ」

畏れ多さに声を震わせると、澪は股間から答えてチロチロと肛門を舐め回してくれた。

「あう……！」

ヌルッと舌先が肛門に侵入すると、余吉は思わず呻き、キュッと締め付けた。長い舌が内部で蠢くと、一物は内側から操られるようにヒクヒクと上下した。

澪は厭《いと》わず充分に舐め回してから舌を引き抜き、肉棒の裏側を舐め上げ、スッポリと呑み込んできた。

そして唾液のヌメリを補充しただけで、すぐスポンと口を離し身を起こした。

一物に跨がると、自らの唾液と淫水に濡れた幹に指を添え、先端を陰戸に押し当てていった。そして息を詰め、位置を定めてゆっくり腰を沈み込ませ、ヌルヌルッと滑らかに受け入れていった。

「アアッ……！」

澪は顔をのけぞらせて喘ぎ、短い杭《くい》に貫かれたように上体を硬直させた。

余吉も深々と呑み込まれ、モグモグと締め付けられながら快感を嚙み締めた。膣内は、まるで舌鼓でも打つように柔肉が締まり、奥へ奥へと肉棒を引き込むような蠢きと収縮を繰り返した。

彼女は何度かグリグリと股間を擦りつけるように動かし、そのたびに引き締まった腹の筋肉が妖しく躍動した。

やがて澪は身を重ね、屈み込んで彼の乳首に吸い付いた。

「ああ……」

「気持ち良いのか。幼い女の子のような乳……」

余吉が喘ぐと、澪は熱い息で肌をくすぐりながら囁き、左右の乳首を交互に舐め、チュッと強く吸ってくれた。

「どうか、嚙んで下さいませ……」

言うと、澪は頑丈そうな歯でモグモグと嚙み締めると、伸び上がって自分の乳首も彼の口に押しつけてきた。

「私のも嚙んで……」

澪がしおらしく言い、余吉もコリコリと歯を立てて動かした。

「ああ……、いい気持ち……」

澪は熱く喘ぎながら、次第に腰を動かしはじめていった。

余吉も下から両手でしがみつき、僅かに両膝を立てて小刻みに股間を突き上げた。

大量に溢れる蜜汁が律動を滑らかにさせ、ピチャクチャと湿った音を淫らに響かせ、彼のふぐりから内腿まで生温かく濡らしてきた。

「アア……、お前、可愛い……」

澪が余吉の肩に腕を回して囁き、互いの胸と腹をピッタリ密着させて抱きすくめた。

女同士が好きな彼女でも、色白で小柄な余吉ぐらいなら抵抗なく愛玩できるのだろう。

澪は余吉の耳に歯を立て、耳の穴まで舐め回してきた。

「アア……」

余吉は熱い息と濡れた舌に耳をくすぐられ、肩をすくめて喘いだ。

さらに澪は腰を遣いながら彼の頬を舐め回し、上からピッタリと唇を重ねてきた。

柔らかな感触と熱く湿り気ある息と唾液が伝わった。

澪の息は花粉のように、野趣溢れる甘い刺激を含んでいた。

舌が侵入してきたので彼も歯を開いて受け入れ、クチュクチュとからみ合わせた。澪の舌は長く、口の中を隅々まで這い回り、甘い吐息とともに生温かくトロリとした唾液が注がれてきた。

余吉は小泡の多い粘液を味わい、喉を潤してうっとりと酔いしれた。

澪はさらに彼の唇を噛み、鼻の穴まで舐め回してきた。

「ああ……、お口が、なんていい匂い……」

余吉は思わず言い、男装美女のかぐわしい口の匂いで鼻腔を満たし、股間の突き上げを激しくさせていった。

「可愛い、食べてしまいたい……」

澪が息を弾ませ、彼の鼻の頭や頬に軽く歯を当ててきた。

「どうぞ、食べて下さい……」

余吉も興奮を高めて言うと、澪は彼の顔中を舐め回し、痕が付かぬ程度に甘く噛み、清らかな唾液でヌルヌルにまみれさせてくれた。

「どうか、唾をもっと飲ませて下さいませ……」

余吉が息を弾ませて言うと、澪もことさら大量に唾液を分泌させ、口移しにトロトロと吐き出してくれた。

彼はうっとりと味わいながら飲み込み、急激に絶頂を迫らせた。

「い、いきそう……」

「構わぬ……、私も何やら身体が宙に……」

余吉が許しを乞うように言うと、澪も腰の動きを速めて答えた。

どうやら彼女は、初回から気を遣ろうとしているようだった。春本にも書かれていたが、稀《まれ》にそうした女がいるらしい。

余吉は美女の唾液を飲み、甘い吐息を嗅ぎながら股間を突き上げ、とうとう絶頂に達してしまった。

「い、いく……、ああーッ……！」

彼は突き上がる快感に喘ぎ、ありったけの熱い精汁を勢いよく柔肉の奥にドクンドクンとほとばしらせた。

「く……、気持ちいい……、もっと、アアーッ……！」

噴出を感じた途端、澪も気を遣ったように声を上げ、ガクガクと狂おしい痙攣を繰り返しはじめた。

膣内の収縮も高まり、余吉は旗本娘の内部に心置きなく最後の一滴まで出し尽くし、畏れ多い満足の中で徐々に動きを弱めていった。

「アア……、これが気を遣るということか……」

澪も絶頂を自覚して声を洩らし、満足したように全身の強ばりを解きながらグッタリと彼に体重を預けてきた。

余吉は重みと温もりを全身に受け止め、まだキュッキュッと収縮する膣内に刺激され、ヒクヒクと幹を跳ね上げた。そして湿り気ある花粉臭の息を間近に嗅ぎながら、うっとりと快感の余韻を嚙み締めたのだった。

「気持ち良かった……」

澪が吐息混じりに囁き、力を抜いて彼の耳元で荒い呼吸を繰り返した。

そして呼吸が整わぬうち、そろそろと股間を引き離し、隣にゴロリと横になった。

余吉が懐紙で処理しようとしたが、澪は彼に腕枕をし、きつく抱き締めたまま、いつまでも肌を密着させていた。

「舐められたときも夢のように心地よかったが、やはり一つになり、相手と一緒に気を遣るのが何より良い……」

余吉も全く同感であった。

「なあ余吉、お前に頼みがある……」

「はい、何でしょう……」

澪が余吉を胸に抱いたまま囁き、彼も目を上げて答えた。

「私は、どうにもお小夜に執着しているのだ。自分でもどうにもならぬほど……」

「女同士でですか……」

余吉はすでに小夜から聞いていたが初めて聞くふりをして答えた。

「そうだ。私はお小夜を自由にしたい。父にあれこれさせられていたから、私の言うこともきくだろう。だが、なおさら私まで無理やりするのは不憫《ふびん》に思うのだ」

「そうですか……」

「どうしたら良いと思う」

強い澪が、気弱に言った。要するに、小夜を傷つけたくないという思い遣りなのだ。

「どうしたものでしょうか……」

「お前が、小夜にあれこれしてくれぬか。男にされれば、濡れもすると思う。その、淫気の高まる頃合いを見て、私も参加したらどうか」

「え……？」

余吉は驚いて思わず身を縮めた。すでに小夜と関係していることは、決して澪に知られてはならないが、その澪が、余吉と小夜の関係を勧めているのだ。

「また後日、手伝いと称して鶴屋に遣いを出す。そのときは来て、まずお小夜と懇ろになってくれ」

「焼き餅で、私は斬られやしませんか……」

「心配ない。お前は、すでに私と契っているから赤の他人ではない」

澪が答え、余吉も戸惑いながら頷いたのだった。

第四章　乳汁の匂いに包まれて

一

「あの、いま吉村様のご隠居宅から出てこられましたが……」

澪と別れ外に出た余吉は、雨の中しばらく歩いたところで二十歳ちょっとの女に声を掛けられた。

「ええ、そうですが」

余吉は答え、ほっそりした女の姿を見た。

あるいは隠居宅に入れずに迷っていたのか、傘を差しているが下駄を履いた指は泥に汚れ、袖もしっとりと湿っていた。

雨か、汗ばんでいるのか、後れ毛がうなじに貼り付き、何とも色っぽい風情だが眼差しは悲しげで、美形だが幸薄そうな印象を受けた。

余吉は、澪との情交の最中に訪ねてこられなくて良かったと思った。

「清治郎様がお亡くなりになったと伺ったのですが」

「はい、先日お屋敷で葬儀が執り行われました。隠居所には、いま清治郎様のお嬢様が住んでいらっしゃいます」

「そうですか……」

「あの、どちら様でしょう。私は浅草の鶴屋という小間物屋の居候で余吉と言い、隠居所の片付けのお手伝いに伺っておりました」

「私は、圭《けい》と申します。この春、清治郎様のお子を産みました」

「え……！」

彼女の言葉に、余吉は目を丸くした。

「で、では澪様、清治郎様のお嬢様にお話しした方が」

「いいえ、お旗本のお嬢様に会うのは、何だか気が引けて……」

圭は言ったが、雨の中で立ち話しているのも何なので、余吉は周囲を見回した。

「どこかでお話を伺いましょう。私は何かと澪様に可愛がって頂いていますので、お力になれるかも知れません」

「では、そちらへ……」

圭が言い、案内するように歩きはじめた。

裏道へ行くと、そこに待合があった。雨で通る人もなく、圭は慣れた足取りで中に入り、余吉も恐る恐る従った。

初老の仲居が出てきて、足を拭いた二人を二階の部屋に案内した。

室内には床が敷き延べられ、二つの枕が並び、枕元には桜紙も備えられ、実に艶めかしい雰囲気だった。

「ここは、何かと清治郎様と来たことがあるのです」

二人きりになると、圭は腰を下ろし、手拭いでうなじを拭きながら言った。

こんなに隠居所に近いのに、待合を使うとは。隠居所には澪も訪ねてくるし、賄いの小夜もいるからだろうか。

圭は、自分のことを話しはじめた。彼女の家は、浅草から大川を渡った向島《むこうじま》の外れにあり、小さな田畑を耕しているという。

しかし末っ子の彼女は生活のため、浅草の料亭、ときわ屋に住み込みで奉公していた。その店なら、余吉も知っていた。

役職に就いていた頃から何かと足を運んでいた清治郎が、圭を見初めたのだろう。

小遣いをやって外で会うようになり、まだ辛うじて清治郎も勃起していた昨年、情交して孕《はら》ませてしまったようだった。

いま、圭は二十一歳。店には暇をもらい、赤ん坊は実家に預けてあるという。しかし再奉公しなければならないし、当面の金も必要だった。そこで隠居所まで来たものの、ためらい、なかなか入れなかったようだ。

圭は、懐中からお守り袋を取り出し、中から紙片を出して広げて見せた。

余吉が見ると、それには『命名、花《はな》。宝暦十一年三月朔日《ついたち》、吉村清治郎』と書かれ、花押《かおう》も印されていた。

「これがあれば大丈夫でしょう。澪様も、分かって下さると思いますよ」

「ええ。ただ男勝りの方と伺っていたので、何だか怖くて……」

圭は言いながら、返された紙片を大切にお守り袋にしまった。

「優しい人ですよ。まして、自分の妹が生まれたのですから」

余吉は言い、この万事に控えめそうな美女に淫気を起こしてしまった。ましてここは床が敷き延べられている、誰も来ない待合だ。

同じ控えめな美女でも、武家の小夜とは違う圭に、清治郎も興奮を抱いていたのだろう。

また清治郎の要求に、圭は小夜以上に畏れ多い気持ちを抱いて戸惑い羞《は》じらい、彼を相当に悦ばせたに違いない。

「あの、つかぬことを伺いますが、清治郎様は、かなり無理な要求をなさったりしませんでしたか？」

余吉が言うと、圭はハッと顔を上げて身じろいだ。

「む、無理なとは……？」

「顔を踏んで欲しいとか、跨がって欲しいとか、ゆばりを飲みたいとか」

「なぜ分かるのです……」

圭は言い、余吉は、ああやっぱりと思った。

「実は清治郎様の遺品から、そうした春本や春画が多く出てきたので、澪様も処分するには外聞が悪いと言って、私が引き取ったのです」

「そうでしたか……。確かに、ずいぶん畏れ多いことをさせられました。でも、私が苛《いじ》められるわけではないし、すればたいそう喜んで頂けたから、私も次第に慣れ、清治郎様でなくてはならない女になってしまいました」

要するに、圭はただいじって挿入してくるようなつまらぬ男では感じなくなってしまったということなのだろう。

「あの、立ち入ったことですが、清治郎様以外の男は？」

余吉は、圭に興味を持ち、思い切って訊いてしまった。

「他は一人だけです。十八で奉公に上がって間もなく、板前の伊助《いすけ》さんに言い寄られ、初物を散らされましたが、あまりに痛く、以後は拒み続けてきました」

「では、その人のお子ということは有り得ないのですね」

「決してありません。伊助さんは何かと私に近づいてきましたが、最初の一回きりで以後は断じてありません。それに伊助さんは、博打《ばくち》の借金がかさみ、去年ときわ屋からは暇を出されました」

「そうですか。分かりました。では、私から澪様に打ち明け、何とか養育の助けになるよう相談すればよろしいですね？」

「お願い致します。お話し頂いた上で、あらためてお訪ねしますので」

圭が手を突き、深々と頭を下げた。

ふんわりと漂う女の匂いに、余吉はどうにも股間が突っ張ってきてしまった。昼過ぎに、澪との濃厚な情交で二回の射精をしたのだが、やはり男というものは、相手さえ変われば何度でも勃起するものらしい。

余吉は、一度も会ったことのない清治郎に、多大な恩恵を得ていることを感じた。

全ての女運の切っ掛けは、清治郎が元になっているのである。

あるいは清治郎は、自分と性癖の似ている余吉に、自分の分まで楽しんでもらおうと、何かと女運を与えてくれているのではないかとさえ思えるのだった。

「あの、実は私も清治郎様の春本を見て、あのような行為をしてもらいたいと切に望んでいるのですが、これも何かの縁、私に教えて頂けないものでしょうか」

「え……？」

余吉が思い切って言うと、圭は戸惑ったように聞き返した。

「あ、ご無理なら構いません。決して恩に着せるわけではありませんので。ただ無垢ゆえ、こうした場に来るのは初めてなもので、つい失礼なお願いをしてしまいました」

彼はまた無垢なふりをしながら謝り、やはり初対面では無理だろうと諦めた。

すると圭が、小さく頷いたのだ。

「そう、まだお若いから無垢で、淫気も大きいのですね。でも、清治郎様が求めたことは、かなり普通と違います」

「いえ、私もまた清治郎様が好んだようなことをして頂きたいのです。他の男で無理とお思いでも、同じような行いなら、きっとお圭さんも望んでいるのではと」

余吉は激しく勃起しながら懇願した。

圭も清治郎の調教を受けていれば、小夜のように激しい好奇心と快楽への渇望があると察し、そこに縋《すが》ったのである。

するとは立ち上がり、帯を解きはじめてくれた。

「本当に、同じようにして構いませんね……。では、どうか脱いで下さい」

言われて、余吉も帯を解いて手早く着物と襦袢、下帯を脱ぎ去っていった。

そして全裸になって布団に仰向けになると、たちまち圭も腰巻まで脱ぎ去り、一糸まとわぬ姿になって彼の顔に迫ってきた。

見上げると、着痩《きや》せするたちなのか、案外乳房は大きく、腹がくびれて腰も豊満な丸みを帯びているではないか。

子を産んで間もないので、乳房も乳輪も濃く色づいていたが、それもまた艶めかしい眺めだった。恥毛は情熱的に濃く、脚もニョッキリと健康的だった。

「まず顔に足を乗せるよう言われました。お嫌なら止します」

「いえ、どうか、してください……」

圭に言われ、余吉は屹立した肉棒を震わせて答えた。

すると圭も意を決して片方の足を浮かせ、壁に手を突いて身体を支えながら、そっと足裏を彼の顔に乗せてきたのだ。

「ああ……」

喘いだのは、圭の方だった。

久々に男の顔に足を乗せ、淫気に火が点《つ》いてきたようだ。

初老の旗本の顔を踏むのと、将来ある無垢な町人の顔を踏むのでは、気分も違うかも知れないが、次第に圭は息を弾ませ、キュッと踏みつけはじめてくれた。

二

「ああ……、もっと強く……」

余吉は興奮を高めながら喘いだ。千代や澪のように、気の強い女ではなく、実に淑やかで控えめな美女に踏まれる方が興奮した。

清治郎も、それで自分より下位のものである小夜や圭を求めたのだろう。

余吉は舌を這わせ、圭の足裏を舐め回し、指の間に鼻を埋め込んだ。待合に入るとき足を拭いてしまったから泥は落ちているが、それでも指の股は汗と脂に湿り、蒸れた匂いが濃く沁み付いていた。

さらに爪先にしゃぶり付き、全ての指の間を舐め回した。

「アア……、いい気持ち……」

清治郎にされているかのように、圭はうっとりと喘いだ。

そして足を交代させ、余吉がそちらも念入りにしゃぶり、味と匂いを貪り尽くすと、やがて彼女は顔に跨がり、ゆっくりとしゃがみ込んできた。

「いいですか？　私も夢中になってしまうので、嫌なときは言って下さいね……」

「ええ、どうぞ、お好きなように」

一抹のためらいとともに圭は言ったが、余吉が真下から答えると、遠慮なく完全にしゃがみ込み、陰戸を彼の鼻先に迫らせてきた。

顔の左右で白い内腿がムッチリと張り詰め、肌の温もりが顔を撫でた。

目の前にある股間からも、悩ましい匂いを含んだ熱気が発せられ、割れ目からはみ出した花びらは大量の淫水でヌメヌメと潤っていた。

オサネもツンと突き立ち、蜜汁が今にもトロリと滴りそうなほど雫を脹らませていた。

余吉が腰を抱き寄せると、圭も彼の顔に股間を押しつけてきた。

柔らかく密集した茂みに鼻を埋め込むと、汗とゆばりの匂いに混じり、さらに甘酸っぱく生臭いような淫水の匂いも馥郁と籠もっていた。

余吉は何度も胸いっぱいに悩ましい女の匂いを吸い込み、舌を這わせはじめた。

トロリとした淡い酸味のヌメリをすすり、子を産んだばかりという膣口を掻き回し、オサネまで舐め上げていった。

「ああッ……、気持ちいいわ、もっと……」

圭も熱く喘ぎ、ヒクヒクと下腹を波打たせて悶えた。

余吉は執拗にオサネを舐めては、トロトロと滴る淫水を飲み込み、さらに尻の真下にも潜り込んでいった。

顔中をひんやりする双丘に密着させ、谷間の蕾を観察すると、それは枇杷《びわ》の先のように僅かに肉が盛り上がり艶めかしい形状をしていた。あるいは出産のとき息んだせいなのかも知れない。

鼻を埋め込んで嗅ぐと、やはり秘めやかな微香が生々しく籠もり、その刺激が胸に広がって、さらに一物にも伝わっていった。

充分に匂いを貪ってから舌を這わせ、細かな襞の可憐な舌触りを味わい、ヌルッと内部にも潜り込ませて滑らかな粘膜を舐め回した。

「あうう……、そんなところまで……」

モグモグと彼の舌先を肛門で締め付けながら圭が呻いた。もちろん清治郎にはされているだろうが、やはりかなり抵抗のある部分だろう。それを苦もなく余吉が舐めたものだから少し驚いたようだ。

余吉は充分に舐め回し、再び陰戸に舌を戻し、オサネに吸い付いていった。

「アア……、も、漏れそうです……」

圭が喘ぎながら言った。

顔に跨がって吸い付かれると、ゆばりを放ってしまう体質になっているのかも知れない。あるいは、雨のなか長く外にいたから尿意が高まったのか。

「どうぞ……」

余吉は、量が多いのではないかと不安に思いながらも答えていた。

そしてなおも舐め回し、圭も懸命に下腹に力を入れていた。さすがに相手が違うからためらいも大きいのか、なかなか出てこない。

やがて温もりと味わいが変わり、彼の口にチョロチョロと熱い流れが注がれてきた。

「ああ……」

圭が喘ぎ、懸命に途切れ途切れにほとばしらせていたが、すぐに一条の流れとなった。他の女よりも、やや濃い味わいを夢中で飲み込み、余吉は咳き込まぬよう注意しながら受け止め続けた。

しかし思ったほど多くもなく、間もなく流れが弱まってきた。

余吉も、こぼすことなく飲み干し、やがてポタポタと滴る雫を受け、舐め回しながら、悩ましい残り香を味わった。

たちまち新たな淫水が溢れ、淡い酸味が満ちて舌触りがヌラヌラと滑らかになった。

「ああッ……、気持ちいい、もっと舐めて……！」

圭も声を上ずらせて喘ぎ、グイグイとオサネを彼の口に押しつけてきた。

なおも余吉がオサネを舐め回し、強く吸い付くと、

「い、いく……、アアーッ……！」

圭は激しく痙攣して声を上げ、ガクガクと全身を波打たせて気を遣ってしまった。

両膝を突いて彼の顔の上に突っ伏し、しばし硬直してヒクヒクと震えた。

余吉は心地よい窒息感と、美女の濃厚な体臭に噎せ返り、小刻みにオサネを弾くように舐め続けた。

「も、もう堪忍……」

圭が言い、降参するように股間を引き離し、ゴロリと横になっていった。

余吉も顔を引き離して添い寝し、甘えるように腕枕してもらった。

「い、嫌だったでしょう。気持ち悪くないですか……」

圭が、彼の顔を胸に抱きながら、息を弾ませて言った。

「ええ、何度でも飲んでみたいです……」

「まあ、清治郎様にそっくり……」

答えると、圭は小夜のようなことを言った。

それよりも余吉は、鼻先にある乳房に注目していた。濃く色づいた乳首に、ぽつんと白濁した雫が浮かんでいたのだ。

そう、まだ産んだばかりだから、乳汁が出るのだった。

余吉は急激に興奮を高め、チュッと乳首に吸い付いていった。

「あう……」

圭がビクリと肌を震わせて呻き、さらにギュッと強く彼の顔を抱きすくめた。

余吉は唇で乳首を挟み、夢中になって吸った。しばらく要領が分からなかったが、口で乳首の芯を強く締め付けるように吸うと、やがて生ぬるい乳汁が漏れて心地よく舌を濡らしてきた。

乳汁はうっすらと甘味があり、口いっぱいに香りが広がった。

「飲んでいるの？　まあ、これも清治郎様と同じ……」

圭は、出が良くなるよう自ら豊かな膨らみを揉みしだいた。

余吉は喉を潤し、もう片方にも指を這わせて柔らかな感触を味わった。

どうやら清治郎も、出産後には乳汁を吸うのが好きだったようだ。

そして圭が向島の家に帰り、しばし子育てに専念している間に清治郎は倒れ、そのまま他界してしまったのである。

だから心を残しながらも、隠し子のことは誰にも言う間がなかったのだろう。

「こっちも……」

あらかた吸い尽くすと、圭がもう片方の乳房を指して言い、彼も移動して吸い付いた。

そして新鮮な乳汁を吸い、顔中を膨らみに押しつけて貪った。

「アア……、いい気持ち……、もっと飲んで……」

圭も再び喘ぎはじめ、うねうねと熟れ肌を悶えさせはじめていた。

余吉は充分に左右の乳首を吸い、乳汁を味わってから、彼女の腋の下にも顔を埋め込み、柔らかな腋毛に鼻を擦りつけ、甘ったるく濃厚な汗の匂いを嗅いだ。

すると圭が身を起こし、彼を仰向けにさせて上からのしかかってきた。

余吉の乳首を舐め、熱い息で肌をくすぐりながら胸から腹、股間まで舌を移動させ、やがて大股開きにさせた彼の股間に陣取った。

たわわに実る乳房の間に一物を挟み付け、両側から手で揉みしだいてくれた。余吉は、温かく柔らかな谷間に挟まれ、快感に幹を震わせた。

「硬くて大きいわ……」

圭は顔を寄せ、先端をチロチロと舐め回し、鈴口から滲む粘液をすすってくれた。

「ああ……」

余吉は熱く喘ぎ、彼女の鼻先でヒクヒクと肉棒を震わせた。

圭は張り詰めた亀頭全体をしゃぶり、裏側を舌先でたどってふぐりも舐め回してくれた。

睾丸を舌で転がしてから、再び幹の裏側をゆっくり舐め上げ、今度は丸く開いた口でスッポリと根元まで呑み込んできた。

美女の口の中は温かく濡れ、口が幹を丸く締め付け、熱い鼻息が恥毛に籠もった。

内部ではクチュクチュと舌が蠢き、たちまち一物全体は美女の温かく清らかな唾液にどっぷりと浸り込んだ。

「ね、茶臼で入れていいかしら……」

スポンと口を離した圭が言い、身を起こしてきた。やはり清治郎を相手にしているから、自分が上になる方が慣れていて好きなのだろう。

彼女は仰向けの余吉の股間に跨がり、先端を膣口に押し当て、味わうように目を閉じてゆっくりと腰を沈み込ませてきた。

「アア……、奥まで届くわ……」

ヌルヌルッと根元まで受け入れ、圭は顔をのけぞらせて喘いだ。

余吉も肉襞の摩擦と温もりに包まれ、快感を噛み締めた。子を産んだばかりでも、締まりは良いのだということが分かった。

やがて圭は完全に座り込み、密着した股間を擦りつけてきた。

三

「ああ……、いい気持ち……」

圭は顔をのけぞらせて言い、やがて身体を倒してきた。そして自ら豊かな乳房を揉み、乳首をつまんだ。

すると霧状になった乳汁が噴出し、余吉の顔中を生ぬるく濡らしてきた。

これも、清治郎が好きだった行為なのかも知れない。

圭は充分に乳汁を彼の顔に垂らしてから、さらに舌を這わせてきた。

甘ったるい匂いの乳汁にトロリとした唾液が混じり、たちまち余吉の顔中はヌラヌラと粘液にまみれた。

余吉が下からしがみつきながら唇を求めると、圭も上からピッタリと唇を重ね、舌をからみつけてくれた。

滑らかに濡れた舌を味わうと、圭は清治郎に言われていたのか、無意識にトロトロと唾液を注ぎ込んできた。余吉もうっとりと味わい、喉を潤した。

「ンン……」

余吉が舌に吸い付きながら徐々に股間を突き上げると、圭は熱く鼻を鳴らしながら彼の動きに合わせて腰を遣いはじめた。

さらに彼は、圭の口に鼻を押し込んで熱い湿り気を嗅いだ。甘酸っぱい刺激が実に濃厚で悩ましく胸に沁み込んできた。

余吉は美女の息の匂いに高まり、次第に突き上げを激しくさせ、熱く濡れた肉襞の摩擦に絶頂を迫らせていった。

「い、いきそう……」

「いいわ、出して……、私もいく……」

余吉が高まりながら言うと、圭も声を上ずらせて答え、腰の動きを激しくさせていった。久々の挿入に、圭も相当高まってきたようだ。

粗相したように大量に溢れる淫水が、クチュクチュと卑猥に湿った摩擦音を響かせ、互いの股間をビショビショにさせた。

「い、いく、アアーッ……！」

先に圭が声を上げ、ガクンガクンと狂おしい痙攣を開始して気を遣った。膣内の収縮に揉みくちゃにされながら、続いて余吉も昇り詰めてしまった。

「く……!」

余吉は突き上がる快感に呻き、熱い大量の精汁を勢いよく柔肉の奥へほとばしらせた。

「あう、もっと……」

圭も噴出を感じ取り、駄目押しの快感を得たように口走り、なおもキュッキュッと膣内を締め付けてきた。余吉は、美女の唾液と吐息と乳汁の匂いに包まれ、心置きなく最後の一滴まで出し尽くした。

すっかり満足して力を抜くと、

「アア、良かった……、なんて久しぶり……」

圭も満足げに言って強ばりを解き、グッタリと彼に体重を預け、耳元で荒い呼吸を繰り返した。

余吉は収縮する膣内に刺激され、ヒクヒクと亀頭を過敏に反応させた。そして彼女の口に鼻を押しつけ、湿り気ある甘酸っぱい息を間近に嗅ぎながら、うっとりと快感の余韻を嚙み締めたのだった。

「余吉さん、初めてというのは嘘ね……」

「え……」

荒い息遣いとともに言われ、余吉はドキリとした。

「別に、初めてと言わなくても、私はしてあげたのに……」

「す、済みません……」

「いいのよ。私もすごく気持ち良かった……。清治郎様のような人は、他にいないと思っていたけれど……」

圭は言い、まだ股間を密着させたまま名残惜しげに一物を締め付けていた。

余吉は潜り込むようにして乳首を吸い、また乳汁を吸いながら喉の渇きを癒やした。

彼女も膨らみを揉み、分泌を促しながら好きなだけ飲ませてくれた。すると甘ったるい匂いの中、また余吉自身は膣内でムクムクと回復していったのだ。

「あん……、もう充分……、またすると、歩けなくなってしまうから……」

圭が言い、ようやく股間を引き離してしまった。

「お乳を飲んでくれたのだから、今度は私が飲ませて……」

圭が言い、彼の股間に顔を移動させていった。

そして、まだ精汁と淫水にまみれている一物にしゃぶり付き、スッポリと根元まで呑み込んできたのだ。

「ああ……」

余吉は温かな口腔に包まれ、快感に喘いだ。

圭もチロチロと舌を活発に蠢かせ、最初から口でいかせる気で愛撫してきた。

彼も遠慮なく快感を高め、ズンズンと小刻みに股間を突き上げながら絶頂を目指して気を高めた。

すると圭も顔を上下させ、濡れた口でスポスポと強烈な摩擦を繰り返してくれた。

熱い息が股間に籠もり、溢れた唾液がふぐりにまで生温かく伝い、まるで全身が美女のかぐわしい口に含まれ、舌で転がされているような快感の中、余吉は急激に絶頂を迫らせていった。

「い、いく……、アアッ……!」

余吉は立て続けの快感に喘ぎながら股間を突き上げ、熱い精汁を勢いよくほとばしらせた。

「ク……」

圭は噴出を受け止めて小さく呻き、なおも頬をすぼめて吸い出してくれた。

余吉は溶けてしまいそうな快感を味わい、いつものことながら美女の口を汚すという禁断のときめきを得ながら、最後の一滴まで絞り尽くした。

満足してグッタリと身を投げ出すと、圭は精汁を全て飲み込み、吸い付きながらスポンと口を引き離した。そして幹を握ってしごき、鈴口から滲んで脹らむ余りの雫も丁寧に舐め取ってくれた。

「あうう……」

余吉は亀頭を舐められ、過敏に反応しながら腰をよじって呻いた。

「二度目なのに多くて濃いわ。とっても美味しかった」

ようやく彼女が顔を上げ、舌なめずりしながら言った。本当は二度目ではなく、澪の分を合わせれば四度目である。余吉もすっかり身を投げ出し、荒い呼吸を繰り返しながら余韻を味わっていた。

雨はだいぶ小降りになり、七つ半（午後五時頃）を回ったので、二人は身繕いをし、待合を出た。支払いは圭がしてくれた。

「では、明日か明後日には澪様に言っておきますので、三日後の八つ（午後二時頃）にでも、また隠居所に来て下さい」

「分かりました」

余吉が言うと圭も頷き、やがて二人は浅草方面まで一緒に歩いてから、大川の渡しへと向かう彼女と別れ、彼は湯屋に寄ってから鶴屋に帰ったのだった。

四

「そうかい、清治郎様に隠し子がねえ……」

翌日の夜、菊枝が離れに来て余吉に言った。前日は四回も射精していたので、夜はゆっくり眠り、この日も一日中雨だったので、余吉は離れから出ず、時雨茶臼の根付け作りに専念していた。

そして夜半、菊枝が来たので余吉は湧き上がる淫気を抑えながら、圭の話を打ち明けたのである。

「はい。約束なので、明日にでも澪様に話しに行こうかと思うのですが」

「ああ、いいよ。そうした事情なら、お前が力になっておやり」

やがて話を終えた菊枝は、帯を解きはじめた。いったん関係を持つと、もうどうにも淫気が抑えられないようだった。

余吉も寝巻を脱ぎ去り、たちまち互いに全裸になって布団に横たわった。

腕枕してもらいながらチュッと乳首に吸い付くと、

「アア……!」

すぐにも菊枝は熱く喘ぎはじめ、彼の顔をきつく胸に抱きすくめて悶えた。離れに来ると決めたときから燃え上がっていたのだろう。

余吉はのしかかり、豊かな膨らみに顔中を埋め込みながら乳首を舌で転がし、軽く歯でも刺激しながら吸い付いた。

「ああ……、上手になったよ。もう少し強く……」

菊枝が言い、余吉もコリコリと嚙みながら、もう片方の乳首も充分に愛撫した。

そして腋の下にも顔を埋め込み、色っぽい腋毛に鼻を擦りつけ、甘ったるい汗の匂いで胸を満たした。

脇腹を舐め下り、痕が付かない程度に軽く歯を立てると、

「あう……、構わないよ、もっと強く……」

菊枝が強い刺激を求めて言った。

余吉は熟れ肌の感触を味わいながら腹を舐め、歯を食い込ませ、臍を舐めて腰から太腿へ舐め下りていった。

滑らかな脛から足首まで下りると、菊枝ももう彼の順序は心得たようにじっとしていた。

足裏に舌を這わせ、硬い踵にそっと歯を立てると、

「く……、くすぐったいよ……」

甘ったるい声で言い、足を震わせた。

指の股に鼻を割り込ませて嗅ぐと、今日も汗と脂に蒸れた芳香が濃く沁み付き、彼は貪りながら爪先にしゃぶり付き、全ての指の股を味わった。

もう片方の足指も、味と匂いが消え去るまで舐め回し、やがて彼は腹這いになって股間へと顔を進めていった。

白くムッチリとした内腿を舐め回し、軽く歯を立て、両側を交互に刺激しながら中心部に迫っていくと、すっかり馴染んだ最初の女の匂いが、熱気と湿り気を含んで顔中を包み込んできた。

興奮に色づいた陰唇はヌメヌメと蜜汁にまみれて息づき、恥毛の下の方も濡れそぼって雫を宿していた。

顔を埋め込むと、待ちかねたように菊枝が量感ある内腿でキュッときつく彼の両頬を締め付けてきた。柔らかな茂みに鼻を擦りつけると、今日も汗とゆばりの匂いが艶めかしく濃厚に籠もっていた。

余吉は熟れた体臭を貪りながら舌を這わせ、淡い酸味のヌメリをすすり、膣口からオサネまで舐め上げていった。

「ああ……、いい気持ち……」

菊枝が顔をのけぞらせ、白い下腹をヒクヒク波打たせながら喘いだ。

余吉は上の歯で包皮を剝き、完全に露出した突起に吸い付き、もがく腰を抱え舌先で弾くように舐め続けた。

「あうう……、それ、いい……」

菊枝は淫水を漏らしながら声を上げ、彼も懸命に舌を這わせた。さらに脚を浮かせ、白く豊満な尻の谷間にも鼻を潜り込ませていった。早急に顔を密着させ、薄桃色の蕾に鼻を埋め込んで微香を嗅ぎ、舌を這わせた。

「く……」

襞を舐めて濡らし、舌先をヌルッと侵入させると菊枝が呻き、キュッと肛門を締め付けてきた。余吉は執拗に滑らかな粘膜を味わい、充分に愛撫してから脚を下ろし、再び陰戸に舌を戻していった。

「ゆ、指を入れて……」

菊枝が言うので、余吉は二本の指を膣口に潜り込ませ、さらに左手の人差し指も唾液に濡れた肛門に浅く押し込んだ。

前後の穴に締め付けられながら、それぞれの指を微妙に蠢かせ、さらに彼は再びオサネに吸い付いた。

「アア……、い、いきそう……」

菊枝は最も感じる三箇所を愛撫され、声を上ずらせて身悶えた。

どちらの穴もきつく締まり、指が痺《しび》れそうになった。余吉は膣内の天井を指の腹で圧迫したり、内壁を小刻みに擦ったりした。肛門に入った指も出し入れさせるように動かし、オサネも舌と歯で愛撫し、口を押しつけて吸った。

「いく……、ああーッ……!」

たちまち菊枝が気を遣ってしまい、ガクガクと激しく腰を跳ね上げ、粗相したように大量の淫水を噴出させた。

彼は飲み込めるほどの量のヌメリをすすり、彼女がグッタリするまで愛撫を続行した。

「も、もう駄目……」

菊枝が降参するように声を絞り出し、四肢を投げ出してきた。

余吉も股間から這い出し、身を起こしていった。前後の穴からヌルッと指を引き抜くと、膣内に入っていた指の間は、膜が張るほど大量の蜜汁にまみれ、指の腹が湯上がりのようにふやけてシワになっていた。

肛門に入っていた指に汚れの付着はないが、微かに匂いが感じられた。

菊枝は目を閉じ、荒い呼吸を繰り返しては、思い出したようにビクッと熟れ肌を震わせていた。

「しゃぶらせて……、お前が跨いで……」

力が抜けてしまったのか菊枝はそう言い、余吉も恐る恐る彼女の胸に跨がっていった。

そして豊かな乳房の谷間に一物を挟み付けると、両側から菊枝が手を当てて締め付けながら動かしてくれた。

余吉が肌の温もりと乳房の柔らかさに快感を高めると、さらに菊枝が彼の腰を引き寄せてきた。

彼は急角度の一物に指を沿えて下向きにさせ、先端を喘ぐ口に押しつけていった。

「ンン……」

菊枝は亀頭を含んで呻き、熱い鼻息で恥毛をくすぐってきた。

そのままモグモグと喉の奥までたぐるように飲み込み、上気した頬をすぼめて吸い付きながら、内部ではクチュクチュと舌をからみつけてきた。

余吉はうっとりと快感を味わい、唾液に濡れた肉棒を彼女の口の中で震わせた。

貪欲にしゃぶり付いている顔を上から見下ろすのも興奮をそそり、余吉は彼女の喉の奥まで突くように差し入れて動かした。

すると彼が危うくなる前に、菊枝がスポンと口を離した。

「入れて……」

言われて、余吉も彼女の上を移動し、本手（正常位）で彼女の脚の間に身を割り込ませていった。

どうやら彼女は、まだ気を遣った余韻で起き上がれないようだ。それでも、やはり交接による快楽は、指や舌によるものとは違って格別なのだろう。

余吉は股間を進め、唾液に濡れた先端を陰戸に押し当て、ゆっくりと挿入していった。

「アアッ……！」

菊枝は顔をのけぞらせて喘いだ。彼もヌルヌルッと根元まで押し込み、股間を密着させて身を重ねた。

彼女は両手でしがみつき、すぐにもズンズンと股間を突き上げてきた。

余吉も熟れ肌に身を預け、肉襞の摩擦と温もりに包まれながら腰を突き動かしはじめた。

「ああ……、いい……」

菊枝も身を弓なりに反らせて喘ぎ、キュッと心地よく締め上げてきた。

余吉は胸で乳房の感触を感じながら律動し、甘い匂いがする菊枝の口に鼻を押しつけた。

今日も程よい白粉臭の刺激が胸に沁み込み、美女の息を嗅ぐたびに膣内で肉棒が歓喜に跳ね上がった。

菊枝が舌を伸ばし、余吉の鼻の穴を舐めてくれたので、彼も吐息と唾液の匂いに酔いしれながら腰の動きを速めていった。さらに唇を重ね、舌をからめると、

「ンン……」

菊枝が熱く鼻を鳴らし、チュッと強く吸い付いてきた。

余吉は美女の生温かな唾液をすすり、抽送するうち昇り詰めてしまった。

「く……！」

突き上がる絶頂の快感に呻き、股間をぶつけるように突き動かし、ありったけの熱い精汁を内部に勢いよくほとばしらせると、

「アアッ……！　い、いく……！」

噴出を感じた菊枝が口を離し、淫らに唾液の糸を引きながらガクンガクンと激しい痙攣を起こして気を遣った。余吉は収縮する膣内に心置きなく最後の一滴まで出し尽くし、満足しながら徐々に動きを弱めていった。そして力を抜いて体重を預けると、菊枝も硬直を解いて身を投げ出してきた。

蠢く肉襞に刺激され、ヒクヒクと亀頭が跳ね上がると、菊枝も応えるようにキュッときつく締め上げてきた。

「良かったわ、すごく……、お前、どんどん上手になっていくわ……」

菊枝も満足げに荒い息で囁きながら、薄目で艶めかしく彼を見上げた。

余吉は熟れ肌に身を預け、熱く甘い息を嗅ぎながら、うっとりと快感の余韻に浸り込んでいったのだった。

五

「ねえ、余吉……」

翌日の昼前、また離れに千代がやって来た。菊枝が店に出ている間は、この我が儘一人娘は手伝いもせず、気ままに遊んでばかりいるのである。

余吉は、彼女の淫気を感じて根付けの作業を中断した。

「お前、また昼過ぎに入谷へ行くのね。お武家の家なんて怖くないの。若衆姿の澪様は気が強そうだし」

「ええ、でも清治郎様の遺品の整理がずいぶんあるから、手伝いには重宝されてます」

「そう……」

そんな話などどうでも良いのだろう、千代は座っている彼の後ろから身体をくっつけてきた。

淫気の高まりを、素直に言うのが恥ずかしいようだ。

「前は、お前を苛めたくて仕方がなかったけれど、今は違うわ」

「また、嚙んだり叩いたりして下さって構わないのですよ」

余吉も、痛いほど勃起しながら答えた。

「そんなことしないわ。その代わり……」

千代は、猫のように彼の背に密着して擦りつけながら囁いた。

「またお舐めすればいいですか」

「ええ、して……」

千代は素直に頷き、いったん身を離して自分から床を敷き延べてくれた。

そして裾をからげ、ニョッキリした脚を丸出しにして仰向けになったのだ。余吉も彼女に迫り、足首を両手で持ち上げ、足裏から舌を這わせていった。

「ああ……」

少し舐めただけで、千代はうっとりと目を閉じて喘いだ。

踵から土踏まずを舐め、指の股に鼻を割り込ませて嗅ぐと、今日も汗と脂に湿り、蒸れた芳香が籠もっていた。

余吉は美少女の足の匂いを貪り、爪先にしゃぶり付いて桜色の爪を嚙み、全ての指の間に舌を潜り込ませて味わった。

「アア……、いい気持ち……」

千代はしきりに腰をくねらせた。陰戸への期待を膨らませているようだった。

余吉は、もう片方の足も念入りにしゃぶり、味と匂いを堪能してから腹這いになって、千代の脚の内側を舐め上げていった。

彼女も両膝を全開にし、中心部から熱気と湿り気を揺らめかせた。

白くムッチリとした内腿を舐め、股間に顔を迫らせると、すでに割れ目からはみ出した陰唇は興奮に色づき、内から溢れる蜜汁でヌメヌメと潤っていた。

「こうして下さい」

余吉は言い、彼女の両脚を浮かせ、襁褓《むつき》でも替えるような格好にさせ、先に白く丸い尻に顔を迫らせていった。

谷間でキュッと閉じられた薄桃色の蕾に鼻を埋め込むと、弾力ある双丘がピッタリと顔中に密着した。蕾には、淡い汗の匂いに混じり秘めやかな微香が馥郁と籠もり、悩ましく鼻腔を刺激してきた。

「ああ……、恥ずかしいわ、そんなところ……」

千代が、すっかりしおらしくなって言った。

やはり余吉をいじめていた頃とは意識が変わってきたのだろう。何かにつけ彼に辛《つら》く当たっていた頃のモヤモヤが、淫らな行為で簡単に解消され、今は快楽を求めることが全てになっているようだ。

余吉は美少女の恥ずかしい匂いを充分に嗅いでから、舌先でチロチロとくすぐるように蕾を舐め回し、襞の震えを味わった。

「あう……」

ヌルッと舌先を潜り込ませると、千代が呻き、キュッと肛門を締め付けてきた。

余吉は滑らかな内壁を舐め回し、ようやく脚を下ろしながら陰戸に迫っていった。

指を当てて陰唇を開くと、指が滑るほど大量の淫水が漏れ、襞の入り組む膣口がヒクヒク息づいていた。

千代は焦《じ》れるように下腹を波打たせ、腰をよじって喘いでいた。

余吉は顔を埋め込み、柔らかな若草の丘に鼻を擦りつけて嗅いだ。

甘ったるい汗の匂いがふっくらと籠もり、下へ行くにつれ残尿臭の刺激が鼻腔をくすぐってきた。

余吉は十七歳の体臭を充分に堪能してから舌を這わせ、淡い酸味の蜜汁をすすりながら、息づく膣口からツンと突き立ったオサネまで舐め上げていった。

「アアッ……！　そこ……」

ようやく目当ての部分を舐められ、千代が熱く喘ぎながら、ムッチリと内腿で彼の顔を締め付けてきた。

余吉も腰を抱え込み、匂いに酔いしれながら舌先をオサネに集中させて弾くように舐めては、溢れる淫水をすすった。感じている度合いは、内腿の締め付けに伝わり、千代は今にも気を遣りそうに腰を跳ね上げはじめた。

「ま、待って……、入れたいわ……」

やがて充分に高まると、絶頂寸前で彼女が言い、余吉も顔を引き離した。

「脱いで寝て……」

息を弾ませて身を起こした千代が言い、自分で帯を解きはじめた。

余吉も帯を解き、手早く着物と下帯を脱ぎ去って仰向けになると、彼女もたちまち着物と襦袢を脱いでしまった。

そして彼の股間に屈み込み、千代は勃起した一物を慈しむように撫で回し、先端に舌を這わせてきた。

「ああ……」

今度は余吉が喘ぎ、受け身になる番だった。

千代は鈴口から滲む粘液をすすってから幹を舐め下り、ふぐりにも舌を這わせ、二つの睾丸を転がし、袋全体を生温かな唾液にまみれさせた。再び幹の裏側をゆっくり舐め上げ、丸く開いた口でパクッと亀頭を含んだ。

余吉は、温かく濡れた美少女の口の中で幹を震わせ、快感を噛み締めた。

千代は喉の奥までスッポリと呑み込み、キュッと締め付けて吸いながら熱い鼻息で恥毛をくすぐった。

内部でもクチュクチュと舌をからめてたっぷり唾液にまみれさせると、チューッと吸い付きスポンと口を引き離した。

「入れるわ……」

千代は言って身を起こし、彼の股間に跨がってきた。幹に指を添え、自分の唾液に濡れた先端を陰戸に押し当て、位置を定めてゆっくり腰を沈み込ませてきた。

張りつめた亀頭が潜り込むと、あとは重みとヌメリでヌルヌルッと一気に根元まで受け入れ、ぺたりと座り込んで股間を密着させた。

「アア……、熱いわ……」

千代は顔をのけぞらせて喘ぎ、味わうようにキュッキュッと締め付けてきた。

余吉も肉襞の摩擦と締め付け、熱いほどの温もりに包まれながら快感に浸った。

彼女はグリグリと股間を擦りつけるように動かしてから、身を重ねてきた。もう痛みよりも、一つになった充足感の方が大きいようだ。

余吉も抱き留めながら顔を上げ、薄桃色の乳首に吸い付き、舌で転がした。

胸元や腋からは何とも甘ったるい体臭が漂い、彼は左右の乳首を充分に舐め回してから、腋の下にも顔を埋め込んだ。和毛に鼻を擦りつけると、濃厚な汗の匂いが心地よく鼻腔を満たしてきた。

余吉が小刻みに股間を突き上げても、もう彼女は痛がらず、応えるように緩やかに腰を動かしてきた。

首筋を舐め上げ、かぐわしい口に迫ると、胸の奥が切なくなるほど甘酸っぱく可愛らしい匂いの息が洩れていた。

「いい匂い……」

「本当……？」

思わず言って可憐な唇に鼻を押しつけると、千代も答え、好きなだけ熱く湿り気ある息を吐きかけてくれた。

余吉は甘酸っぱい芳香で胸を満たし、股間を激しく突き上げてしまった。

「アア……、もっと優しく……」

千代が言うので余吉は慌てて動きを弱めた。すると彼女は上からピッタリと唇を重ね、ヌルッと舌を潜り込ませてきた。

余吉はネットリと舌をからめ、滑らかな感触と生温かな唾液を味わった。

「もっと唾を……」

唇を触れ合わせたまま囁くと、千代もことさらに多めの唾液をグジュグジュと口移しに注ぎ込んでくれた。余吉は小泡の多い粘液を味わい、うっとりと飲み込んで心地よく喉を潤した。

さらに彼女の口に顔中を擦りつけるように動かすと、千代も舌を這わせ、彼の鼻の穴から頬、瞼まで清らかな唾液でヌルヌルにまみれさせてくれた。

「い、いきそう……」

「いいわ、いって……」

急激に絶頂を迫らせた余吉が言うと、千代も快楽の芽生えを奥に感じたように息を詰めて答えた。彼はそのままズンズンと股間を突き上げ、肉襞の摩擦に包まれながら昇り詰めてしまった。

「いく……、アアッ……！」

余吉は大きな快感に突き上げられて喘ぎ、ドクドクと熱い大量の精汁を勢いよく内部に噴出させた。

「あう……、熱いわ、感じる……、いい気持ち……」

奥深い部分を直撃されると、千代も感じて声を上ずらせ、キュッキュッと膣内を締め付けてきた。余吉は快感に酔いしれながら心置きなく出し尽くし、すっかり満足しながら徐々に動きを弱めていった。

「ああ……」

千代も、まだ気を遣るまでには至らないが、痛みよりだいぶ快感の方が大きくなったようで、声を洩らしながらグッタリともたれかかってきた。

余吉は内部でヒクヒクと幹を震わせ、美少女の重みと温もりを感じ、甘酸っぱい果実臭の息を嗅ぎながら余韻を味わった。

「余吉、気持ち良かった?」

「ええ、とっても……」

「私もよ……」

千代は言い、力を抜いて体重を預け、いつまでもキュッキュッと一物を締め付けていた。

「ねえ、よそから婿を取るより、私はお前と一緒になりたいわ」

「え……?」

余吉は思わずピクンと幹を脈打たせて聞き返した。

「私では嫌？　さんざん苛めていたから……」

「い、嫌じゃないですが、私には親もいませんので、全ては女将さんが良いと言わなければどうにも……」

「おっかさんは、私が何とか説得するわ」

千代は、どうやら以前からそう思っていたようだ。

むろん余吉に否やはないが、すでに懇ろになってしまっている菊枝がどう言うかだ。

元より考えもしなかったことだから、無理なら諦められる。ただ千代の望みが実現してしまったらと思うと、まだ心の整理がつかなかった。

「まだ、私は小間物の職人としては半人前ですので、もう少し力がついてから考えたいのですが……」

「いいわ。ただ私の気持ちだけ分かっていて」

千代は言い、やがて呼吸を整えると身を起こし、股間を引き離した。そして懐紙で手早く陰戸を拭き清めると、一物まで丁寧に拭ってくれた。

そして二人は身繕いをし、千代は離れを出て行った。

余吉はまた横になり、心地よい気怠さの中で、この鶴屋の婿になることを想像してみた。

身寄りも家もないものに安住の地が与えられることは大きな魅力であるが、最初の女が義母になるというのは、許されることなのだろうかと思った。

まあ、あとは千代の説得と、菊枝の考え一つだろう。

ようやく彼は起き上がり、また根付けの作業に取りかかったのだった。

第五章　武家女が二人がかりで

一

「そうか、父に子供が……」

入谷の隠居所へ行き、余吉が事情を話すと、澪は頷いた。

清治郎の書き付けを見るまでもなく、父親ならそうしたこともあるだろうと納得した様子である。

「はい、お圭さんと言って、明日の昼過ぎにはこちらにお訪ねしたいと」

「ああ、構わぬ。お前も立ち合ってくれ。私も兄に打ち明けて、幾ばくかの金を融通する。新たに妹が出来たのなら、近くに住んで欲しいし、何ならここに住まわせ、小夜に子守をさせて奉公に通わせても良い」

「本当ですか」

余吉は、圭に成り代わり安心して言った。

小夜は、いま買い物に行っているようだ。

「ちょいと御免よ」

と、そのとき玄関で訪《おとな》う声が聞こえてきた。

澪が立ったので、余吉も一緒に玄関へと行くと、二十代半ばほどの痩せた町人の男が弥蔵《やぞう》（拳を握った懐手）を作って斜に構えていた。

「何用か。御用聞きなら裏へ回れ」

「お宅の旦那様が、俺の女を孕ませたんだ。その落とし前に伺いましてね」

男が、じろじろと澪を見つめながら言った。

「ひょっとして、伊助さんですか」

「なに！」

余吉が言うと、男は目を丸くし、懐から両手を出した。その右手には、出刃包丁が握られている。

「おう、すんなり十両出してくれりゃあ大人しく引き上げる！」

澪は何者だというふうに余吉を見た。

「お圭さんに付きまとっている元板前です」

囁くと、澪は頷き、草履を履いて外に出た。そして立てかけてあった、稽古用の袋竹刀も手にした。

「な、何だ……、やろうってのか……」

目論見《もくろみ》が外れた伊助は後ずさり声を震わせた。実際は小心なのだろう。

「女一人と甘く思って来たな、破落戸《ごろつき》。金の代わりに稽古を付けてやろう」

澪は得物を伊助の手首に叩きつけ、握っていた包丁を落とした。

「うわ……」

たじろいで後退する伊助の肩を激しく叩き、さらに水月への突き。

「むぐ……！」

ひとたまりもなく地に倒れた伊助の腕や肩に、あとは滅多打ちだ。

「や、やめろ……！」

伊助は、地を転げ回って悲鳴を上げた。

「貴様、武士に向かってその言葉は何か！」

「か、勘弁しておくんなさい……」

伊助は泣き声を上げ、失禁しながら身体を縮め頭を抱えた。

「最初からそう言えば良いのだ。二度とお圭に近づくな。良いか、私は一度人を斬ってみたくて仕方がないのだ。次は竹刀でなく抜き身でけりを付けるぞ」

「お、仰る通りに致しやす……」

打擲《ちょうちゃく》が止むと、伊助は泣きながら何度も叩頭《こうとう》した。

「行け！」

澪が言うと、伊助は痛む身体を引きずりながら門の方へと後ずさっていった。

「待て、商売道具であろう。持って帰れ」

澪が包丁を拾って伊助の方へ投げ返すと、それはへたり込んでいる彼の股の近くの土に突き刺さった。

「ひいい……！」

伊助は声を裏返して身をすくませると、やがて包丁を懐中に入れ、やっとの思いで立ち上がると、あとは後ろも見ず脱兎《だっと》のごとく逃げ出していった。

余吉は息を吞んで見守っていたが、澪は息一つ切らさず、袋竹刀を玄関に戻した。

「ふん、たわいもない。余吉、私はこのまま屋敷へ行って兄に子のことを報告する。お前は小夜の帰りを待て」

「は、はい……」

「ちょうど良い折りだ。先日話したように小夜と懇ろになれ。頃合いの良いところで戻り、私も加わろう。良いな」

澪は言うと、大刀を腰にそのまま出て行ってしまった。

余吉は、それを見送ると玄関から部屋に入った。

澪の活躍には目を見張るものがあり、まだ胸の震えが治まらなかったが、何やら自分も、あんなふうに美女の打擲を受けてみたくなった。

余吉は小夜の帰りを興奮しながら待ちわびていたが、やがて、いくらも待たぬうち帰ってきた。

「お帰りなさいませ」

「まあ、余吉さん。澪様は？」

勝手口から入った小夜は、厨に買ったものを置いてから座敷に顔を出した。

「お屋敷へ戻り、夕刻まで帰らないそうです。私は小夜様のお帰りまで留守番を」

圭の事情は、差し出がましいので余吉は言わなかった。

「そう。もしお仕事があるなら鶴屋へ帰ってもいいわ」

「いえ、その……、少しだけ、前のようにしてみたいのですけれど……」

余吉は、恐る恐る言った。

「まあ、困ったわ……、今日はずいぶん歩いたから……、少しだけ、井戸端で洗いたいのだけれど……」

小夜は、言われてすぐにもその気になってくれたようだ。余吉も興奮を高めながら勝手に床を敷き延べ、帯を解きはじめてしまった。

「どうか、今のままで。洗ったら困ります」

「旦那様も、前に同じようなことを……」

小夜は言いながらも、やはり清治郎の調教を受けて淫気も溜まっていたのか、ためらいなく自分も帯を解きはじめてくれた。

余吉は全裸になり、布団に仰向けになった。

もちろん期待に一物は勢いよく勃起している。しかし澪の帰りまで果てるわけにいかない。そちらへのときめきと不安が大きく心を占めていた。

やがて小夜も、一糸まとわぬ姿になって彼の顔の方に近づいてきた。

「本当に良いのですか。この前より汚れています……」

「ええ、どうぞ……」

上から言われ、余吉は幹を震わせながら答えた。小夜は片方の足を浮かせ、壁に手を突きながらそっと足裏を顔に乗せてくれた。

生温かな足裏に舌を這わせ、指の股に鼻を押しつけると、言うだけあってそこは汗と脂にジットリ湿り、蒸れた匂いが濃厚に沁み付いていた。

余吉は嗅ぎながら刺激に淫気を高め、爪先にもしゃぶり付いていった。

「アア……」

小夜は熱く喘ぎ、余吉は全ての指の間に舌を割り込ませて味わった。

そして舐め尽くすと、小夜は自分から足を交代させ、彼も新鮮な味と匂いを堪能した。

淑やかで可憐な武家娘が、人に言えない大胆な行為をしているだけで、余吉は激しい興奮に見舞われた。

爪先を含みながら見上げると、陰戸から溢れた淫水がネットリと白い内腿にまで伝い流れはじめていた。小夜もこの行為に洗脳されており、無条件で感じるようになっているのだろう。

充分に舐めると、余吉は口を離し、彼女の足首を摑んで顔を跨がせた。小夜も、観念してゆっくり腰を沈めてきたが、いつになく今日は匂いが気になるようだった。

「ああ……、お湯屋へ寄ってくれれば良かった……」

小夜は言いながらも、完全にしゃがみ込み、陰戸を彼の鼻先に迫らせてきた。

余吉も彼女の腰を抱えて引き寄せ、柔らかな茂みに鼻を埋め込んで嗅いだ。汗とゆばりの混じった匂いが濃厚に籠もり、ムレムレになって鼻腔を掻き回してきた。

「い、嫌な匂いしませんか……」

「ええ、すごく匂いが濃いです」

余吉は答えながら、激しく犬のように鼻を鳴らして嗅ぎまくった。

「アア……、そんなに嗅がないで……」

小夜は両手で顔を覆い、嫌々をしながらも大量の淫水を漏らして腰をくねらせた。

あるいは清治郎とのときも、ことさら羞恥を煽《あお》るような彼の言葉で彼女も燃えていたのかも知れない。

美少女の濃厚な体臭を貪りながら舌を這わせると、トロリとした淡い酸味の蜜汁が口に流れ込んできた。余吉は陰唇の内側に舌を差し入れて息づく膣口を掻き回し、柔肉を舐め上げてオサネに触れた。

「ああッ……！」

小夜がビクッと内腿を震わせて喘ぎ、余吉も執拗にオサネに吸い付いた。

さらに白く丸い尻の真下に潜り込み、顔中に双丘を受け止めながら谷間の蕾に鼻を埋め込んだ。蕾には、やはり濃く生々しい匂いが籠もり、余吉は貪るように嗅ぎながら舌を這わせていった。

「あうう……、駄目……」

小夜はか細く言いながら呻き、ヌルッと潜り込んだ舌先をキュッときつく肛門で締め付けてきた。余吉は滑らかな粘膜を味わい、やがて再び陰戸に戻り、新たに溢れたヌメリをすすった。

すると、いつの間に帰ってきたか、そこに澪が入ってきたのである。

二

「良い、続けなさい」

澪の言葉を聞いたときの、小夜の驚きようは如何《いか》ばかりであっただろう。

「ひい……！」

小夜は息を呑んで硬直し、一瞬の間に余吉の顔の上から離れ、羽織るものもなく全裸のまま平伏したのである。

「も、申し訳ございません……。どうか、余吉さんを責めないで下さいませ。私が誘ったのです。ご成敗は、どうか私だけで……」

必死の中でも余吉を庇《かば》うのは、さすがに武家というのは潔いものだと彼は感心した。

そして、あまりに小夜が狼狽《ろうばい》しているので、何やら本当に澪が激高するような気がして余吉まで身を起こし、同じように這いつくばったのだった。

「咎めはせぬ。父のせいで淫気が強くなってしまったのだろう。それより私も知りたい。構わず続けなさい。さあ、余吉も横に」

澪は大小を置いて、袴の前紐を解きながら言った。

余吉は恐る恐る再び仰向けになったが、小夜は顔を伏せたまま、ガタガタと小刻みに震えるばかりだった。

その間に、たちまち澪も一糸まとわぬ姿になり、逞しい裸体で近づいてきた。

あまりに帰りが早かったのは、あるいは明朝に屋敷へ戻ることにして、頃合いを見て引き返してきたのかも知れない。

「さあ小夜、一緒に」

澪は、うずくまっている小夜の身体を引き起こして囁き、一緒に余吉の方へと近づいてきた。まだ小夜はオドオドと震え、気を失いそうな衝撃を受けているようだった。

その小夜の顔を何とか余吉の一物にまで近づけ、澪も一緒になって彼の股間に顔を寄せてきた。

一物も辛うじて萎えずにいたが、二人の美女の熱い視線を受けた緊張に余吉の胸が妖しく震えた。やがて澪は、余吉を大股開きにさせ、その中に小夜と一緒に頬を寄せ合うように顔を近づけた。

「小夜、教えて。これが男のものなのね」

「ええ……」

澪が囁くと、小夜もようやく小さく頷いた。

「この巾着のような袋は？」

「ふぐりです。中に玉が二つあり、精汁を作っているところです……」

「なるほど、男の急所なのね」

澪も、すっかりしおらしい声音になって答えた。

「このように硬く大きく立っているのだから、淫気は充分なのでしょう、どのようにすれば精汁が出るの」

澪は小夜の前では無垢なふりをし、あくまで小夜の口から聞きたいようだった。

「ゆ、指で擦って高まれば、先っぽの鈴口から精汁がほとばしり出ます」

「指だけでなく、口も使うでしょう。父の遺した春画で見ました。小夜、お前が先にして見せて……」

澪は言い、小夜の顔を一物へと押しやった。

余吉も、二人の囁きに期待を高め、二人分の熱い視線と息を股間に感じながら幹を震わせた。すると、小夜はとうとうチロリと舌を伸ばし、鈴口を舐め回して滲む粘液をすすってくれた。

「ああ……」

余吉は快感に喘ぎ、腰をくねらせた。

しかし小夜も、澪の前でしゃぶり付くのはしたないと思ってか、舌を這わせただけで幹を舐め下り、ふぐりに移動していった。

「ここも感じるのね……」

澪は言い、自分も一緒になって舌を這わせはじめたのだ。一物の裏側を二人の熱い鼻息がくすぐり、袋全体が混じり合った唾液に濡れはじめた。

「アア……！」

余吉は、それぞれの舌で睾丸を転がされ、夢のような快感に喘いだ。

「ここも舐めると喜ぶのでしょう。春画にあったわ」

ふぐり全体をしゃぶり尽くすと、澪が言って余吉の脚を浮かせた。

すると小夜も、すっかり妖しい雰囲気に朦朧となってきたか、先に彼の肛門をチロチロと舐め回してくれた。

「く……」

余吉はくすぐったく畏れ多い快感に呻き、浅く潜り込んだ舌先を肛門で締め付けた。

そして小夜が舌を引き離すと、すぐにも澪が舐めはじめた。

「い、いけません、澪様、町人の尻を舐めるなど……」

小夜が驚いて言ったが、

「構いません。お前もしたのだから」

澪は答え、同じように舌先を這わせ、ヌルッと潜り込ませてきた。

「あうう……」

余吉は呻きながら、小夜とは微妙に感触の異なる澪の舌先を肛門でモグモグと味わった。

まさか自分の人生で、武家女二人から立て続けに肛門を舐めてもらえる日が来るなど夢にも思わなかったものだ。

澪は充分に舐めてから舌を引き離し、彼の脚を下ろした。

「さあ、では一緒に……」

澪は小夜の顔を一物に引き寄せながら、自分も一緒に舌を伸ばし、幹を根元から先端まで舐め上げはじめた。もちろん小夜も従い、余吉は二人分の舌に裏側と側面を舐め上げられ、いまにも漏らしそうなほど高まった。

澪も鈴口を舐め回して粘液を味わい、一緒になって張り詰めた亀頭に舌を這い回らせた。

互いの舌が触れ合っても澪は気にせず、いや、むしろ一物より小夜の舌をより多く味わうように舌を動かしているようだった。

小夜も、同じ女の舌が触れるのは嫌だろうが、もちろん拒むことも出来ず、懸命に一物を舐め回してくれた。

「アア……、いきそう……」

余吉は、二人分の熱い息を股間に受け、混じり合った唾液で一物をまみれさせながら喘いだ。しかし澪は構わず強烈な愛撫を続け、とうとう亀頭をパクッと含み、喉の奥まで呑み込んでいった。

温かく濡れた口の中を締め付けて吸い、スポンと引き離すと、すかさず小夜も同じようにしゃぶり付いた。二人の口の中は、やはり温もりや感触、舌の蠢きが微妙に違い、それぞれに心地よかった。

何度か交互に深々と含まれるうち、快感に包まれた余吉は、もうどちらの口に呑み込まれているかも分からないほど高まってきた。

やがて二人は同時に亀頭に吸い付き、上下に摩擦しはじめたのだ。

愛撫されているというより、まるで女同士の口吸いの間に、勝手に一物を割り込ませたようなものだった。

余吉は二人に貪られ、とうとう絶頂に達してしまった。

「い、いく……、アアッ……！」

突き上がる大きな快感に声を上げ、ドクンドクンと勢いよく熱い精汁を大量にほとばしらせてしまった。

「飲んで、一緒に……」

澪が言って噴出を受け止め、余りは小夜の口に含ませ吸い出させた。

余吉は二人に吸われ、腰をよじりながら最後の一滴まで出し尽くした。

澪は口に飛び込んだ第一撃を飲み下すと、また亀頭にしゃぶり付いた。

小夜も飲み込んで口を離すと、澪と同じように亀頭にしゃぶり付き二人は交互に亀頭を含んでチュッチュッと吸いはじめた。

「く……、どうか、もう……」

余吉は、魂まで吸い出されそうな勢いに圧倒され、ヒクヒクと過敏に反応しながら降参した。ようやく二人は口を離し、なおも幹をしごきながら、鈴口から滲む雫まで丁寧に舐め合ってくれた。

「何やら、精汁よりも小夜の口の方が美味しい……」

澪が熱っぽく言い、とうとう本領を発揮したように完全に小夜に唇を重ね、舌をからめはじめた。

そして抱き合ったまま横になってきたので、余吉は余韻に浸る間もなく布団から離れて半身を起こした。

澪は小夜を抱きすくめながら横たわり、執拗に唇を貪っては舌をからめていた。

「ンン……」

小夜は意外な成り行きに眉をひそめ、戸惑ったように熱く鼻を鳴らしていた。

澪は小夜の乳房にも手を這わせ、熱い息を混《ま》じらせながら肌を密着させていた。

余吉は、美女と美少女の熱烈な口吸いを目の当たりにし、萎える暇もなくムクムクと回復していった。

いくら嫌でも小夜に拒むことは出来ない。それでも、最初から全裸だったから、こうもすんなりいったのだろう。澪の作戦は、まんまと図に当たったことになる。

余吉は射精直後で荒く息を弾ませながら、女同士のからみを見て激しい興奮に見舞われていた。

ようやく澪が口を離すと、女二人の唇を唾液が細く糸を引いて結んだ。

「なんて可愛い……」

澪はうっとりと言い、小夜を仰向けにさせて白い首筋を舐め下り、乳房へと移動していった。そして桜色の乳首にチュッと吸い付き、もう片方も揉みしだいた。

三

「ああッ……、み、澪様……」

小夜は顔をのけぞらせて喘ぎ、一体どうしてこうなったのか分からず、朦朧となって身悶えていた。

澪は小夜にのしかかって両の乳首を交互に吸い、さらに股間にも指を這わせはじめた。

室内には美女と美少女の甘い匂いが生ぬるく籠もり、強烈な春画のような眺めに余吉は激しく勃起し、目を凝らしていた。

「濡れているわ……、見てもいい？」

澪は指で探りながら言い、徐々に小夜の股間へと顔を移動させていった。

「い、いけません……、どうかお止め下さい……」

小夜は声を震わせながらも逆らいきれず、とうとう澪は彼女の股を開かせ、その間に腹這いになって顔を迫らせてしまった。

「ああ、何て綺麗な色……」

澪は指を当てて陰唇を開き、奥の方まで覗き込みながら言った。そして、硬直している小夜の中心部に、とうとうギュッと顔を埋め込んでしまったのだ。

「アア……、どうか……」

小夜はビクッと身を強ばらせながら喘いだが、澪が舐めはじめたのだろう、たちまちクネクネと悶えた。

澪も、いったん舐めはじめると夢中になり、もがく腰を抱えて恥毛に籠もる匂いを貪りながら、熱い息を籠もらせて舌を這わせる音を立てた。

「ああッ……、いけません、汚いのに……」

小夜はいまにも失神しそうな衝撃に喘ぎ、内腿で澪の顔を締め付けてはヒクヒクと下腹を波打たせていた。

「小夜、私にも……」

澪が言い、小夜の割れ目に顔を埋めたまま身を反転させ、彼女の顔に股間を突きつけていった。小夜も逆らえず、とうとう澪の股間に顔を埋め込み、眉をひそめて舌を這わせはじめたようだ。

やがて女同士は、互いの内腿を枕にした二つ巴《どもえ》になり、それぞれ最も感じる部分を舐め合った。

何という強烈な光景だろう。余吉は見ているだけで熱く息が弾み、いまにも漏らしそうなほど高まってきてしまった。

「ンンッ……！」

二人は、それぞれの股間に熱い息をくぐもらせて舌を動かし続けた。やはり女同士だと、最も感じる部分も熟知しているのだろう。

「み、澪様……、どうか、もう堪忍……、アアーッ……！」

やがて小夜がガクガクと身を震わせ、口を離して声を上ずらせた。余吉に舐められた下地もあるし、あまりの衝撃であっという間に気を遣ってしまったようだ。

小夜がグッタリとなると、ようやく澪も彼女の股間から身を離し、移動して添い寝していった。

「ああ、嬉しい……」

澪は小夜に腕枕して言い、しっかりと抱きすくめた。

余吉は参加したくて我慢できなくなり、そろそろとにじり寄り、澪の足裏に顔を埋め込んでいった。

澪は咎めるでもなく、じゃれつく子犬でも相手にしているようにじっとしていてくれた。

逞しく大きな足裏を舐め回し、しっかりした指の股に鼻を埋め込み、汗と脂に湿って蒸れた匂いを嗅ぎ、爪先にもしゃぶり付いて舌を割り込ませた。

そして全ての指の股を味わい、両足とも貪り尽くしてから、澪の脚の内側を舐め上げ、張りのある内腿に舌を這わせ、陰戸に鼻先を迫らせていった。

澪も股を開いてくれ、余吉は濡れた割れ目に鼻先を寄せた。

僅かに覗く柔肉は、熱い淫水と小夜の唾液に濡れ、大きめのオサネが光沢を放って勃起していた。

茂みに鼻を埋め込んで嗅ぐと、甘ったるい汗の匂いと悩ましい残尿臭に混じり、ほんのりと小夜の唾液の匂いも入り交じっていた。

余吉は美女の体臭を貪りながら舌を這わせ、淡い酸味のヌメリをすすってオサネを舐め回した。

「アア……」

まだ気を遣っていない澪は熱く喘ぎながら、キュッと小夜の顔を胸に抱きすくめ、乳首を含ませた。

小夜も余韻の中で、そっと乳首を含んで吸いはじめたようだ。

余吉はヌラヌラする大量の潤いを味わい、さらに腰を浮かせ、澪の尻の谷間にも鼻を埋め込んでいった。蕾に籠もる悩ましい微香を嗅ぎ、舌を這わせて襞を味わい、ヌルッと潜り込ませて粘膜を舐めた。

そして前も後ろも充分に舐め、隣の小夜の股間にも顔を埋め、匂いを嗅ぎながらヌメリを舐め取った。

「ああッ……！」

小夜は過敏に反応して喘ぎ、やがて余吉は肌を舐め上げ、並んで寝ている二人の乳首を順々に含んで舌で転がした。全て味わってから、それぞれの腋の下にも顔を埋め、腋毛に籠もる甘ったるく濃厚な汗の匂いを貪った。

すると澪が彼を真ん中に仰向けにさせ、両側から挟み付けてくれた。そして澪が余吉の乳首に吸い付くと、小夜もノロノロと同じようにしてきた。

「アア……、気持ちいい……」

余吉は両の乳首を舐められ、熱い息に肌をくすぐられながら喘いだ。

澪がキュッと嚙むと、小夜もまるで申し合わせたように歯を立ててくれた。

「あうう……、もっと強く……」

余吉は甘美な痛みと快感に身悶え、さらに強烈な愛撫をせがんだ。

「ね、小夜、先に入れてみて」

澪が言い、小夜の手を引いて起こした。

小夜も素直に身を起こし、仰向けの余吉の股間に跨がってきた。屹立している幹に指を添え、先端を濡れた陰戸に受け入れながら腰を沈み込ませてきた。

澪は、二人の繋がる様子を覗き込み、たちまち肉棒はヌルヌルッと滑らかな肉襞の摩擦を受けながら深々と呑み込まれていった。

「あぁッ……！」

小夜が顔をのけぞらせて喘ぎ、完全に座り込んで股間を密着させた。

「いいわ、好きなように動いて気持ち良くなって」

澪が見守りながら言い、小夜も彼の胸に両手を突き、上体を反らせながらグリグリと股間を擦りつけるように動かしてきた。

余吉も小夜の温もりと感触に包まれながら快感を嚙み締めたが、さっき二人の口に出したばかりだし、次には澪も控えているので漏らさぬよう注意した。

小夜は、次第に夢中になって腰を上下させ、一物を締め付けながら高まっていった。

大量にトロトロと漏れる淫水が動きを滑らかにさせ、余吉の股間を生温かく濡らしはじめていた。

やはり澪の舌で気を遣るより、こうして男と一つになった方が快感も段違いなのだろう。

そして混乱と戸惑いの中、まるで快楽へと逃げ込むように、すぐにも小夜は気を遣ってしまった。

「い、いく……、アアーッ……！」

小夜は声を震わせ、膣内を艶めかしく収縮させながらガクガクと全身を波打たせた。

余吉も何度か危うくなったが、辛うじて耐え抜き、やがて小夜がグッタリと彼に身を重ねてきた。

そして荒い呼吸を繰り返しながら汗ばんだ肌を密着させていたが、やがて小夜はそろそろと股間を引き離し、そのままゴロリと横になった。

すると澪が待ちかねたように、小夜の淫水にまみれた一物に跨がり、続けてヌルヌルッと受け入れていった。

「アア……、奥まで響く……」

根元まで貫かれると、澪は顔をのけぞらせて喘いだ。そしてキュッと締め付けながら身を重ねてきた。

温もりや感触、締まりの良さや蠢きが微妙に違う陰戸に納まりながら、余吉は下から澪にしがみついていった。

澪は上からピッタリと彼に唇を重ね、ヌルッと長い舌を挿し入れながら、隣の小夜の顔も引き寄せ、一緒に割り込ませてきた。

「ウ……」

余吉は、澪と小夜の唇を同時に味わい、それぞれの舌を舐めながら歓喜に呻いた。

澪の花粉臭の息と、小夜の果実臭の息が混じり、鼻腔を何とも悩ましく刺激してきた。

三人が鼻先を合わせているので、狭い空間に熱い吐息が籠もり、顔中が湿ってくるようだった。

しかも余吉の好みを知っている二人は、舌をからめながらことさら多めの唾液をトロトロと注ぎ込んでくれるのである。

余吉はうっとりと喉を潤して酔いしれ、二人分の混じり合った唾液と吐息に高まり、ズンズンと股間を突き上げはじめた。

「ンンッ……!」

澪も腰を遣いながら熱く呻き、さらに彼の顔中にも舌を這わせてくれた。

すると小夜も続き、余吉は顔中ヌラヌラと二人の唾液に生温かくまみれ、悩ましい匂いに包まれながら昇り詰めてしまった。

「く……!」

突き上がる大きな絶頂の快感に呻き、余吉は澪の内部にドクンドクンとありったけの熱い精汁を勢いよくほとばしらせた。

「ああ……、気持ちいい、いく……！」

澪も噴出を受け止めながら声を上げ、ガクガクと狂おしい痙攣を開始し、激しく気を遣ってしまった。

余吉は心置きなく最後の一滴まで出し尽くし、徐々に突き上げを弱めながら力を抜いていった。そして二人の混じり合ったかぐわしい息を間近に嗅ぎながら、うっとりと快感の余韻を噛み締めた。

「アア……、とっても良かった……」

澪も全身の強ばりを解き、グッタリと体重を預けながら満足げに声を洩らした。

まだキュッキュッと名残惜しげに収縮する膣内に刺激され、射精直後の一物が過敏にヒクヒクと反応して中で跳ね上がった。

小夜も、横で精根尽き果てたように力を抜き、荒い呼吸を繰り返していた。

「ねえ小夜、また三人でしましょうね……」

「はい……」

澪の囁きに、小夜も小さく答え、余吉は今後への期待にまた胸を高鳴らせたのだった。

四

「これがお花か。私の妹だな……」

澪が、赤ん坊を抱きながら言った。圭は、まだ緊張が解けぬように、彼女の前で硬くなっていた。

圭が赤ん坊を抱いて向島から出向いてきたので、途中で余吉と落ち合い、一緒に澪の家を訪ねたのである。圭にとっては、何度か清治郎に会いに顔を出した馴染《なじ》み深い家だろうが、さすがに男装の澪がいると緊張するようだ。

しかし花は大人しく、澪にあやされて笑みを浮かべていた。

「幼い頃は妹が欲しかったが、まさか、これほど経ってから出来ようとは」

澪が上機嫌に笑って言う。清治郎の書き付けも確認し、こだわりなく、身内の一人の誕生を喜んでいる。圭も安心したようだった。

「本当に、申し訳ありませんでした。勝手に清治郎様のお子を産んで……」

「なんの、父のしたことだ。そなたに責任はない。むしろ苦労をかけ、娘として済まぬと思う」

圭が頭を下げると、澪も労《いたわ》るように答えた。

「今朝方、兄ともよく相談をした。当方にできる限りのことをしようと思う。小夜」

澪が呼ぶと、ちょうど小夜が茶を持って座敷へと来た。

「このお小夜を子守とし、お圭はここに住んで奉公に通わぬか」

澪が、赤ん坊を小夜に渡しながら言った。花も人懐こく、小夜に抱かれてすぐ笑みを向けていた。

「そ、そのようなご迷惑は……」

「いや、私の気持ちだ。ずっと長くではない。職が落ち着き、長屋でも借りられるようになるまでの、当面の間だ」

恐縮して言う圭に、澪は笑顔で言った。

「し、しかし……」

「遠慮は無用。家へ帰って相談し、すぐにもここへ越してくるが良い。私も、妹の顔を見て暮らしたい」

澪に熱心に言われ、やがて圭も頷いた。そして近日中に花を連れて越してくることを約束した。

小夜の手から花を受け取り、ひとまず圭は帰ることになった。すると澪が引っ越しの仕度にと、花の懐中にそっと金を差し入れた。

圭は恐縮しまくり、何度も頭を下げて辞した。立ち合っていた余吉も一緒に出て、途中まで送ることにした。

幸い今日は雲はあるものの、雨になることはなさそうだった。

「良かったですね。澪様は見かけよりずっと優しいので、そう固くなることはないですよ」

「ええ、本当に余吉さんにはお世話になりました」

圭も、ようやく落ち着いたように笑みを取り戻して答えた。

「近々越してくるなら、お花ちゃんを置いてきてしまえば良かったのに」

「そうはいきません……」

余吉は気軽に言ったが、圭は慌ててかぶりを振った。清治郎の血を引く花だけ取られてしまう心配をしたのかも知れない。

「それもそうですね。そうそう、昨日、伊助さんが澪様を訪ねてきました」

「まあ、何と言って？」

言うと、圭は目を丸くした。

「俺の女が孕んだから、金を出せと。澪様に包丁を突きつけるとは、良い度胸です」

「それで……？」

「竹刀で滅多打ちにされ、泣きながら帰っていきました。二度と、お圭さんにも近づかないと約束しました」

「そうですか……。もともと気の小さな人ですから、そろそろ博打も止めて、どこかの料理屋に奉公して落ち着くことでしょう」

圭は言い、もう付きまとわれることもないだろうと安心したようだった。

「それより、もし少しだけでもよろしければ、また待合に……」

余吉が淫気を催しながら言うと、圭も小さく頷き、一緒に前に入った店へと向かっていった。そして中に入り、前と同じ部屋に通された。

花はすっかり寝入ってしまい、圭は座布団の上に寝かせ、帯を解きはじめた。

彼も手早く着物を脱ぎ、全裸になって横たわった。

圭もたちまち一糸まとわぬ姿になって添い寝し、彼に腕枕してくれた。余吉は色づいた乳首に吸い付き、滲んでくる乳汁を味わい、甘ったるい匂いに包まれた。

彼は柔らかな膨らみに顔中を押しつけながら、夢中になって乳汁を飲み、もう片方も揉みしだいた。

乳汁の匂いに混じり、圭本来の肌の匂いや、腋から漂う汗の匂い、さらには上から吐きかけられる湿り気ある甘酸っぱい吐息も感じられ、激しく勃起していった。

「ああ……」

彼がのしかかるようにして、左右の乳首を交互に吸って乳汁を味わうと、圭も熱く喘ぎ、うねうねと熟れ肌を悶えさせはじめた。

余吉は左右交互に含んで吸い、花の分がなくなるといけないので腋の下に移動し、腋毛に鼻を擦りつけ、濃厚に甘ったるい体臭で胸を満たした。

そして滑らかな熟れ肌を舐め下り、脇腹から臍を舐め、腰から太腿へと舌で這い下りていった。

脚を舐め、足裏に舌を這わせ、指の間に鼻を割り込ませて嗅ぐと、今日は澪を訪ねるので相当緊張していたか、汗と脂にジットリ湿り、ムレムレになった匂いが先日よりずっと濃く沁み付いていた。

余吉は充分に美女の足の匂いを嗅いでから爪先にしゃぶり付き、全ての指の間を順々に味わっていった。もう片方の足も味わい尽くすと、彼は脚の内側を舐め上げ、股間に顔を寄せていった。

「アア……、お願い、いっぱい舐めて……」

圭もすっかり淫気を高め、自ら大股開きになって喘いだ。

股間に鼻先を迫らせると、割れ目からは興奮に色づいた陰唇がネットリと蜜汁にまみれて震え、周囲の恥毛まで雫を宿していた。

恥毛に鼻を埋め、濃厚な体臭を嗅ぎながら舌を這わせ、淡い酸味のヌメリをすすった。

息づく膣口からオサネまで何度も上下に舌で往復し、もちろん脚を浮かせ、白く豊満な尻の谷間にも顔を埋め、蕾に籠もる秘めやかな微香を嗅いでから舌を這わせ、ヌルッと潜り込ませた。

充分に粘膜を舐めてから再び陰戸に戻ると、

「い、入れて……」

すっかり高まっている圭がせがみ、余吉も身を起こした。しかし入れるとすぐ果ててしまうだろうから、せめてその前に口でしてもらうことにした。

仰向けの圭の顔に股間を突き出し、先端を唇に押しつけた。

「ンン……」

彼女もすぐに亀頭を含み、熱く鼻を鳴らしながら舌を這わせ、熱烈にしゃぶり付いてくれた。しかし今日は、澪と会ったことで精根使い果たしたように、ずっと下で受け身になりたいようだ。

余吉は喉の奥まで潜り込ませ、充分に舐めてもらい、たっぷり唾液にまみれて高まると、ヌルッと引き抜いた。

そして彼女の股間に戻り、本手（正常位）で先端を陰戸に押し当て、摩擦快感を味わいながらゆっくり挿入していった。たちまち一物は滑らかに根元まで没し、温かな柔肉にキュッと締め付けられた。

「ああ……、いい気持ち……！」

圭が顔をのけぞらせて喘ぎ、身を重ねる彼に下から両手でしがみついてきた。

胸で豊かな乳房を押しつぶしてのしかかり、余吉は感触と温もりを味わいながら熟れ肌に身を預けた。

「突いて、強く奥まで……」

圭が囁き、待ちきれないようにズンズンと股間を突き上げてきた。

それに合わせて余吉も腰を突き動かすと、大量に溢れた淫水がクチュクチュと淫らに湿った音を響かせた。

上から唇を求めると、

「ンンッ……！」

圭も抱き寄せながら強く密着させ、熱く鼻を鳴らして舌をからめてきた。

彼は美女の甘酸っぱい息の匂いに酔いしれながら、トロリとした生温かな唾液をすすり、滑らかな舌を味わって高まった。果ては股間をぶつけるように突き動かすと、先に圭が気を遣ってしまった。

「い、いく……、すごいわ、アアーッ……！」

口を離して身を反らせ、彼を乗せたままガクンガクンと狂おしく腰を跳ね上げ、膣内の収縮も最高潮にさせた。

続いて余吉も絶頂に達し、大きな快感に包まれながら勢いよく大量の精汁を内部にほとばしらせた。

「あうう……、もっと……」

奥深い部分を直撃され、駄目押しの快感の中で圭が呻いた。

激しく声を上げても、花は大人しく寝入り、目を覚ますこともなかった。

余吉は全て出し切り、満足しながら動きを止め、熟れ肌に体重を預けた。

「アア……、良かった……」

間もなく圭も強ばりを解いて力を抜き、荒い呼吸を繰り返して言った。

余吉は膣内に締め付けられながらヒクヒクと反応し、かぐわしい息を嗅ぎながら、うっとりと快感の余韻を味わったのだった。

五

「そう、ときわ屋にいたお圭さんという人は、赤ちゃんと一緒に澪様の家へ？」

夜半、離れに来た菊枝が、余吉の説明を受けて言った。

「ええ、近々一緒に住むようです」

「そうかい、お前も力になってやったんだね。澪様も、あれでなかなか人情に厚いところがあるから大丈夫だろうよ。まして、腹違いとはいえ妹が出来たんだから」

菊枝は我が事のように頷きながら言い、だいぶ出来上がっている『時雨茶臼』の根付けを見てから、話を変えた。

「ときに、お千代がお前と一緒になりたいと言い出したんだけど」

言われて、余吉はドキリとした。

いかに昼間は店の方に出ているとはいえ、母親なのだし、女は勘が良いというから、離れで余吉と千代が何をしているかぐらいお見通しなのかも知れない。

「え……、そ、そうなのですか……」

余吉は、何と答えて良いか分からず曖昧《あいまい》な返事をした。

「前は何かとお前に辛く当たっていたんだけど、やはり同じ屋根の下にいれば情が移るんだろうね。お前はどう思う？」

　菊枝は、二人の仲に関しては何もいわず、彼の目を覗き込んできた。

「ど、どうと仰られても、私には身寄りもありませんので、何もかも女将さんの言う通りにするしか……」

「身寄りのことなんかじゃなく、お前は、お千代の婿になる気はあるかい？」

　どうやら菊枝は、真剣に聞いているようだ。

「あまりに思いがけないことなので、自分でもよく分かりません……」

「お千代が嫌いかい？」

「嫌いではありません。美しいお嬢様ですし、最近は私を苛めることもありませんので、好きです」

「そうかい」

　菊枝は答え、視線を外して小さく頷いた。

「でも、半年ほど待ってからはっきりしたいのさ。お前もまだ一人前ではないし、来年になるとお千代も十八になるから、そのとき二人の気持ちが同じなら、私は構わない」

「は、はい……」

「もっとも、その前に子でも出来ちまえば、それはそのときのことだけれどね」

菊枝は言い、帯を解いて寝巻を脱ぎはじめた。

「娘婿になるかも知れないけれど、どうにも抑えきれないのさ。孫の顔でも見れば治まるだろうけど、それまでの間は、たまにでいいからしておくれ」

「ええ、もちろん……」

菊枝に異存がなければ、余吉はいつでも情交したかった。彼は答え、自分も寝巻を脱いで全裸になっていった。

たちまち菊枝も一糸まとわぬ姿になり、一緒に布団に横になった。

余吉は甘えるように腕枕してもらい、甘ったるい体臭に包まれながら色づいた乳首に吸い付いていった。

「アア……、可愛い……。いつまでも手元へ置いておくには、身内になってしまうしかないのかねえ……」

菊枝は言いながら、彼の顔を胸にきつく抱きすくめてきた。

余吉も諸々《もろもろ》の考えは頭の隅へと追いやり、今は目の前の熟れ肌と淫気に専念し、コリコリと硬くなった乳首を舌で転がし、もう片方にも指を這わせた。

そして左右の乳首を交互に含んで吸い、腋の下にも顔を埋め甘ったるく生ぬるい汗の匂いに酔いしれた。

「ああ……、いい気持ち……、ねえ、逆さ椋鳥をしていいかい……」

菊枝が身悶えながら言い、やがて身を起こした。

余吉が仰向けになると、彼女は勃起した一物にしゃぶりつきながら、そろそろと彼の顔に跨がり、陰戸を迫らせてきた。

彼も下から豊満な腰を抱え、すでに熱く濡れている割れ目に鼻と口を密着させた。

潜り込んで茂みに籠もった汗とゆばりの匂いを嗅ぐと、その刺激で彼女の口の中でヒクヒクと幹が震えた。

柔肉に舌を這わせ、コリッとしたオサネに吸い付くと、

「ンンッ……!」

菊枝が呻き、熱い鼻息でふぐりをくすぐってきた。そして快感に堪えるように強く一物に吸い付き、クチュクチュと舌をからみつけた。

余吉も快感を高めながら滴る淫水をすすり、オサネを舐め回し、伸び上がって尻の谷間にも鼻を埋め込んだ。蕾に籠もる悩ましい微香を嗅ぎ、細かに震える襞に舌を這わせ、潜り込ませてヌルッとした粘膜も味わった。

菊枝は尻をくねらせて、潜り込んだ舌先を肛門でモグモグと締め付けた。

余吉は充分に舌を蠢かせてから、再び陰戸に戻ってヌメリを味わい、オサネに吸い付いていった。

「あぁッ……、いきそう……」

菊枝は一物からスポンと口を離して言い、身を起こしてきた。

そして向き直り、茶臼（女上位）で彼の股間に跨がり、唾液にまみれた先端を陰戸に受け入れながら腰を下ろしていった。

たちまち屹立した肉棒は、ヌルヌルッと滑らかな摩擦を受けながら根元まで呑み込まれ、互いの股間が密着した。

「アア……、なんて気持ちいい……」

菊枝は顔をのけぞらせて喘ぎ、グリグリと股間を擦りつけるように動かしてから、やがて身を重ねてきた。

余吉も両手で熟れ肌を抱き留め、いずれ義母になるかも知れぬ美女の温もりと重みを嚙み締めた。膣内は味わうようにキュッキュッと収縮し、溢れた蜜汁がふぐりから肛門の方にまで流れてきた。

「ああ……、すぐいきそう……」

菊枝が腰を遣いながら口走り、彼の肩に腕を回して肌を密着させた。

余吉もズンズンと股間を突き上げると、菊枝が上からピッタリと唇を重ねてきた。

柔らかな感触と唾液の湿り気が伝わり、白粉臭の息が心地よく鼻腔を刺激してきた。

長い舌がヌルッと潜り込んだので、余吉も歯を開いて受け入れ、クチュクチュとからみ合わせながら、生温かくトロリとした唾液をすすった。

菊枝も唾液を垂らしてくれ、余吉はうっとりと飲み込みながら美女の息の匂いに酔いしれ、股間の突き上げを激しくさせていった。

さらに彼女のかぐわしい口に鼻を押しつけて嗅ぐと、菊枝も舌先でチロチロと鼻の穴を舐め回してくれた。

余吉は、美女の吐息と唾液の匂いに鼻腔を刺激されながら高まった。

菊枝は、長い舌を這わせ、彼の頬から瞼、耳の穴も舐めてくれ、耳朶《みみたぶ》と頬に軽く歯も立ててきた。

「ああ……、もっと強く……」

「駄目よ、痕になったら困るから」

菊枝は言い、激しく舌を這わせ、彼の顔中を生温かな唾液でヌルヌルにしてくれた。

その間も激しく股間を突き上げ、熱く濡れた肉襞の摩擦に包まれながら、たちまち余吉は昇り詰めてしまった。

「い、いく……、アアッ……！」

大きな絶頂の快感に全身を貫かれながら喘ぎ、彼はありったけの熱い精汁をドクドクと勢いよく奥にほとばしらせた。

「いい気持ち……、ああーッ……！」

噴出を感じた菊枝も、続いて激しく気を遣り、ガクンガクンと狂おしく痙攣しながら彼自身をきつく締め付けてきた。

余吉は、溶けてしまいそうな快感に包まれ、心置きなく最後の一滴まで出し尽くし、徐々に突き上げを弱めていった。

菊枝は執拗に腰を動かし、貪欲に快楽を嚙み締めていたが、やがて熟れ肌の硬直を解きながら、グッタリと満足げに力を抜いてもたれかかってきた。

「ああ……、良かった……」

菊枝は言い、まだモグモグと膣内を収縮させ、刺激された一物も応えるようにヒクヒクと内部で跳ね上がった。

そして余吉は、菊枝の甘い匂いの口に鼻を押しつけ、熱い息を嗅ぎながらうっとりと快感の余韻を嚙み締めたのだった。菊枝も体重を預けたまま、荒い呼吸が整うまで重なったままでいた。

仮に、余吉が千代と所帯を持ってからも、菊枝のこの勢いでは当分は求めてくるだろう。母娘の両方と、代わる代わる情交するというのは禁断の思いがあり、特に千代に知られぬようにするには、かなり気を遣うだろうと思った。

やがて菊枝は、すっかり気が済んだように股間を引き離し、懐紙で丁寧に一物を拭い、陰戸も処理してから寝巻を着て、静かに離れを出て行ったのだった。

第六章　果てなき快楽の日々よ

一

「おっかさんが、半年待てって言ってたわ」

千代が、離れに来て余吉に言った。菊枝は例によって、店開けをして間もなく、最も忙しい頃合いである。

「そうですか」

「お前も、それでいいわね。私の気持ちは変わりないから」

「もちろんです。お嬢様さえ良ければ、私も喜んでそのように致しますので」

「そう……」

千代は嬉しげに、彼に縋り付いてきた。

もちろん淫気を高めて来た以上、じゃれ合う程度で気が済むはずもない。

余吉が身を離して床を敷き延べると、千代もすぐに裾をからげた。

「お前が旦那様になったら、顔を跨ぐなんて出来ないわね」

「しても構いませんよ」

「そうはいかないわ。私もけじめは付けるもの。だから今だけ」

千代は言って立ち上がり、余吉は全裸になって仰向けになった。

「どうか、足から……」

彼が勃起しながら言うと、千代も壁に手を突いて身体を支え、片方の足を浮かせてそっと足裏を顔に乗せてきた。

余吉は美少女の生温かな足裏を顔中に感じながら舌を這わせ、汗と脂に湿って蒸れた匂いの籠もる指の股にも鼻を押しつけて嗅いだ。

そして爪先にもしゃぶり付き、全ての指の股に舌を割り込ませて味わった。

「あん……、くすぐったくて、いい気持ち……」

千代は息を弾ませて言い、やがて足を交代させてきた。余吉も新鮮な味と匂いを貪り、全て舐め尽くした。

彼女は着物と腰巻の裾をからげ、遠慮なく彼の顔に跨がり、厠に入ったようにしゃがみ込んできた。

他の女と違い、千代の場合は大抵着衣のままだから、かえって艶めかしさが増した。贅沢な着物の裾からこぼれる脚は何とも魅惑的で、鼻先に迫る陰戸も初々しく淡い色合いだが、すでにネットリと蜜汁が溢れていた。

余吉は、白くムッチリと張り詰めた内腿を舐め、熱気と湿り気の籠もる中心部に鼻を押しつけていった。

若草に鼻を埋め込んで嗅ぐと、甘ったるい汗の匂いが馥郁と籠もり、それに残尿臭の刺激も程よく入り交じっていた。

余吉は美少女の悩ましい体臭を貪りながら舌を這わせ、陰唇の内側を舐め回しはじめた。細かな襞を震わせて息づく膣口の襞をクチュクチュと掻き回し、オサネまで舐め上げていくと、

「アアッ……」

千代が熱く喘ぎ、思わずギュッと彼の顔に座り込んできた。

ヌメリは淡い酸味を含み、後から後から溢れ出し、彼の舌の動きを滑らかにさせた。

余吉は腰を支えるように抱えながら、さらに白く丸い尻の真下にも潜り込んで、双丘の谷間の蕾に鼻を押しつけた。

淡い汗の匂いに混じり、秘めやかな微香が馥郁と胸に沁み込んできた。

彼は美少女の恥ずかしい匂いを充分に嗅いでから、舌先でチロチロと蕾を舐め、ヌルッと潜り込ませた。

「あう……、変な気持ち……」

この部分はあまり慣れないのか千代が呻き、肛門でキュッと舌先を締め付けてきた。

余吉は滑らかな内壁を味わってから、舌を引き離して再び陰戸を舐め、ヌメリをすすりながらオサネに吸い付いた。

「ああ……、いい気持ち……」

千代は喘いだが、このままオサネを舐められて気を遣るつもりはないらしく、やがて自分から股間を引き離してきた。ここは自分でいじることも出来るから、やはり覚えたての交接をしたいのだろう。

彼女は仰向けの余吉の股間に移動して顔を寄せ、屈み込んで先端に舌を這わせてきた。粘液の滲む鈴口をチロチロと舐め回し、張り詰めた亀頭をしゃぶり、ふぐりにも舌を這わせて睾丸を転がしてから、やがて丸く開いた口で、スッポリと肉棒を含み、喉の奥まで呑み込んでいった。

「アア……」

余吉は快感に喘ぎ、美少女の温かく濡れた口の中でクチュクチュと舌に翻弄されながら、清らかな唾液にまみれた一物を震わせた。

千代は熱い鼻息で恥毛をそよがせ、たっぷり唾液を出して肉棒にまみれさせると、強く吸い付きながらチュパッと軽やかに口を引き離した。

そのまま身を起こして彼の股間に跨がり、自ら幹に指を添え、先端を膣口にあてがい、ゆっくり腰を沈み込ませてきた。

「ああ……、お前が入ってくる……」

ヌルヌルッと滑らかに受け入れながら、千代が目を閉じて喘いだ。もうすっかり、挿入の痛みは克服しているようだった。

根元まで納めると彼女はぺたりと座り込み、股間を密着させてキュッと締め付けてきた。

余吉も肉襞の摩擦と温もりに包まれ、内部で幹をヒクヒクと震わせた。

千代はしばしじっと感触を嚙み締めていたが、やがて屈み込んできた。そして彼の乳首に舌を這わせ、熱い息で肌をくすぐりながら吸い付いた。

「ああ……、嚙んで下さい。血が出るほど強く……」

余吉はうっとりと快感に喘ぎながら言った。

「もう強くは嚙まないわ。大事な人なのだから」

千代は言い、軽くキュッキュッと左右の乳首を交互に噛み、さらに彼の首筋を舐め上げ、身を重ねながら耳朶にもそっと歯を立ててきた。

下から両手でしがみついた余吉は僅かに両膝を立て、陰戸と内腿の感触を味わいながら小刻みに股間を突き上げはじめた。

彼女も余吉の耳の穴を舐めてから頰をたどり、ピッタリと唇を重ねてきた。

美少女のぷっくりした唇が密着し、ほのかな唾液の匂いに混じり、甘酸っぱい果実臭の息が悩ましく鼻腔を刺激してきた。

すぐにも舌が潜り込むと、彼も受け入れて吸い付き、滑らかに蠢く舌と生温かくトロリとした唾液を味わった。

「ンン……！」

千代は、突き上げに合わせて腰を遣いながら熱く鼻を鳴らし、執拗に舌をからめてきた。

余吉も、注がれる唾液にうっとり酔いしれながら、思わず股間をぶつけるように激しく突き上げてしまった。

「アアッ……！」

彼女が口を離し、唾液の糸を引いて喘いだ。

「済みません、強すぎて痛いですか……？」

「き、気持ちいいわ……、もっと深くまで……」

気遣って言うと、千代は息を弾ませて答えた。淫水の量も増えて動きが滑らかになり、確かに彼女も挿入に慣れて開発されつつあるようだった。

それならばと余吉も遠慮なく股間を突き上げ、下から千代の唇に鼻を押し込んだ。

生温かく甘酸っぱい口の匂いに、鼻腔の奥まで心地よく湿り、余吉は急激に絶頂を迫らせていった。

「手を入れて……」

千代も腰をくねらせながら言い、彼の手を身八《みや》ツ口《くち》から入れさせた。

余吉も奥へ手を侵入させ、柔らかな乳房を揉み、ぽっちりした乳首を指の腹でクリクリと愛撫した。

「ああ……、いい気持ち……、何だか身体が宙に浮かびそう……」

千代が声を上ずらせて喘ぎ、膣内の収縮も活発にさせてきた。全身もガクガクと小刻みに波打ちはじめ、これは明らかに気を遣る前兆だった。

余吉も興奮を高め、美少女の口に顔中を擦りつけて舐めてもらいながら、とうとう絶頂に達してしまった。

「い、いく……、お嬢様……、ああッ……！」

激しく突き上げながら口走り、余吉は大きな快感に貫かれて熱い大量の精汁をドクドクと勢いよく内部にほとばしらせた。

「あ、熱いわ……、何これ、気持ちいい……、アアーッ……！」

奥深い部分を直撃されると同時に、たちまち千代も声を上ずらせ、ガクンガクンと狂おしい痙攣を開始して気を遣ってしまった。

余吉は最後の一滴まで心地よく出し尽くし、徐々に動きを弱めながら、膣内の収縮に身を委ねた。

「と、溶けてしまいそう……、怖いぐらい、いい気持ち……」

千代は激しく喘ぎながら言い、徐々に硬直を解いてグッタリと彼に体重を預けてきた。

余吉は何度も内部でヒクヒクと幹を上下させ、美少女の果実臭の息を嗅ぎながら、うっとりと余韻に浸り込んでいった。

「ああ、こんなに良いものだなんて……、本当に、痛いのは最初のうちだけだったわ……」

千代はもたれかかりながら息を震わせて言い、今の感覚が何なのか確かめるように、何度もキュッキュッと一物を締め付けてきた。

余吉も刺激されて過敏に反応し、やがて完全に力を抜いていった。

「これからは、いつもこんなにいい気持ちになれるのね……」

「ええ……」

余吉が答えると、千代は熱い息を弾ませながらいつまでも重なっていたのだった。

二

「おう、余吉。うちへ来るところか」

入谷へ行くと、道場帰りらしい澪が、竹刀と防具を担いで声を掛けてきた。

あれから数日経っていた。今日は菊枝が、様子を見てこいと土産の真桑瓜《まくわうり》を持たせてくれたのだ。

「はい。お圭さんの奉公先は決まりましたか」

「ああ、近くの小料理屋へ通いで行っている。お花も、小夜によく懐いている。大人しくて実に良い子だ」

「そうですか。それは良うございました」

余吉は一緒に歩き、やがて家へ着くと、裏へ回って井戸の水を汲《く》んで真桑瓜を浸《つ》けておいた。澪に招かれて余吉が座敷へ上がると、入れ替わりに花を背負った小夜が外へ散歩に出ていった。

家を無人にするわけにいかないので、交代で外出しているのだろう。

二人きりになると、すぐに淫気を催したのか、澪は床を敷き延べ、袴を脱ぎはじめてしまった。

「お前も早く脱げ」

「は、はい……」

もちろん余吉も股間を熱くし、手早く着物と下帯を脱ぎ去ってしまった。

澪も一糸まとわぬ姿になり、布団に仰向けになった。

稽古を終えたばかりなので、全身が汗ばんで甘ったるい濃厚な匂いが漂い、その刺激が余吉の一物に響いてきた。

彼は澪の固く大きな足裏に顔を押しつけ、舌を這わせた。長くがっしりした足指の股に鼻を押しつけると、やはり湿って蒸れた匂いが濃く沁み付いていた。

「あうう……、汚いだろうに……」

澪は言いつつも拒まず、好きにさせてくれた。余吉は爪先にしゃぶり付き、両足とも全ての指の股を舐めてから、股間に顔を潜り込ませていった。

逞しく張りのある内腿を舐めると、汗の味がした。

股間に迫ると熱気が籠もり、割れ目からはヌラヌラと熱い淫水が溢れ出していた。

指で陰唇を左右に開くと、襞を入り組ませて息づく膣口には、白っぽい粘液もまつわりついていた。

余吉は顔を埋め込み、柔らかな茂みに鼻を擦りつけ、甘ったるく濃厚な汗の匂いを嗅ぎながら、ほのかに混じる残尿臭も味わい、舌を這わせていった。

膣口から大きめのオサネまで舐め上げ、上唇で包皮を剝いて完全に露出した突起を含み、乳を吸うようにモグモグと挟み付けた。

「アア……、いい気持ち……」

澪が顔をのけぞらせて喘ぎ、内腿でキュッときつく彼の顔を締め付けてきた。

余吉は腰を抱え込んで執拗に吸い付いては、新たに溢れてくる蜜汁をすすった。

さらに脚を浮かせ、尻の谷間にも顔を埋め込み、可憐な薄桃色の蕾に鼻を押しつけていった。籠もる微香を嗅ぎ、舌先でチロチロと蕾を舐め、内部にも潜り込ませてヌルッとした滑らかな粘膜を味わった。

そして彼女の前も後ろも充分に舐めると、余吉は添い寝して澪の乳首に吸い付き、両方とも味わってから、腋の下に顔を埋め込んだ。

腋毛の隅々にも、甘ったるい濃厚な汗の匂いが籠もり、余吉は美女の体臭を貪りながら激しく勃起した。

「もう良かろう。今度は私が舐める……」

澪が言って身を起こし、仰向けにさせた余吉の股間に屈み込んできた。

と、その時である。

「ただいま。まあ……」

帰ってきた小夜が、二人の様子を見て目を丸くした。

「ずいぶん早いが」

「雨が降ってきたものですから……」

澪が平然と言うと、小夜も答え、すっかり眠ってしまった花を横たえた。

そういえば、軒先を雨音が叩いていた。なかなか梅雨が明けないようだ。

「ちょうど良い。小夜も余吉を好きにするが良い」

「でも……」

「お花も寝入ったことだ。さあ、前のように三人で楽しもう」

澪が言って一物にしゃぶり付くと、小夜も頷いて帯を解き、たちまち一糸まとわぬ姿になって彼に迫ってきた。

「よろしいですか。跨ぎます……」

小夜は言い、仰向けの余吉の顔に跨がってきた。

彼は一物を澪にしゃぶられながら、鼻先に迫る小夜の陰戸を見上げた。

まだ濡れていないが、腰を抱き寄せて柔らかな茂みに鼻を埋めると、甘ったるい汗の匂いが濃厚に籠もっていた。

可憐な武家娘の体臭を貪りながら、オサネ周辺に鼻を押しつけると、ほのかな残尿臭も可愛らしく感じられ、余吉は夢中で舌を這わせはじめた。

「ああン……！」

膣口からオサネまで舐め上げると、小夜はビクリと内腿を震わせて喘ぎ、徐々に淫水を漏らしながら彼の舌の動きを滑らかにさせていった。

たちまち割れ目内部には淡い酸味の蜜汁が満ち、光沢あるオサネもツンと勃起してきた。

さらに尻の真下に潜り込み、ひんやりした双丘を顔中に受け止めながら谷間の蕾に鼻を押しつけ、秘めやかな微香を嗅いで舌を這わせた。

「く……」

小夜が息を詰めて呻き、ヌルッと潜り込んだ舌先を肛門で締め付けてきた。

余吉が粘膜を味わい、再び陰戸に戻ってヌメリをすすりオサネを舐め回すと、小夜もしゃがみ込んでいられず両膝を突いて悶えた。

その間も澪が念入りに一物をしゃぶり、ふぐりから肛門まで舐め回してくれた。

余吉は懸命に耐え、ようやく澪が口を離して顔を上げた。

「小夜、先に入れて……」

澪が小夜の手を引っ張ると、彼女も仰向けの余吉の上を移動して、唾液に濡れた一物に跨がってきた。

すると澪が幹に指を添え、甲斐甲斐しく先端を陰戸に誘導しながら覗き込んだ。

小夜も息を詰めて腰を沈み込ませてゆき、ヌルヌルッと滑らかに根元まで一物を受け入れていった。

「アア……」

小夜が顔をのけぞらせて喘ぎ、キュッと締め付けながら上体を倒してきた。

余吉も肉襞の摩擦と温もりに包まれながら彼女を抱き留め、顔を上げて薄桃色の乳首に吸い付いた。

左右の乳首を含んで舌で転がし、腋の下にも鼻を押しつけ、和毛に籠もった甘ったるい汗の匂いを嗅いでいると、澪も添い寝しながら横から彼の口に乳首を押しつけてきた。

彼は澪の乳首も吸い、稽古直後の濃厚な汗の匂いに噎せ返った。

二人の乳首と腋の下を順々に味わい、余吉は混じり合った濃厚な体臭の中で高まり、ズンズンと股間を突き上げた。

「あうう……、いい気持ち……」

小夜も呻きながら腰を遣って動きを合わせ、大量の淫水を漏らして互いの股間をビショビショにさせた。

やがて澪が彼に唇を重ね、小夜の顔も引き寄せたので、また三人でネットリと舌をからめた。混じり合った唾液が注がれ、心地よく余吉の喉を潤し、小夜の果実臭の息と、澪の花粉臭の息が鼻腔を掻き回してきた。

それでも後に澪が控えているので、余吉は必死に我慢しながら動いていると、小夜が気を遣ってしまった。

「ああ……、い、いく……！」

声を上ずらせて喘ぎ、ガクンガクンと狂おしく身を揺すりながら膣内を収縮させた。

余吉は高まりながらも辛うじて堪え抜き、やがて小夜は力尽きてグッタリともたれかかってきた。そして澪に遠慮してか、呼吸も整わぬうち股間を引き離し、ゴロリと横になって場所を空けた。

すると澪は、余吉も引き起こし、自分が仰向けになったのだ。

「余吉が上になって……」

澪は言い、余吉も股間を進め、小夜の蜜汁にまみれた一物を挿入していった。

「アアッ……！」

澪は身を反らせて喘ぎ、根元まで呑み込んだ肉棒をキュッときつく締め付けながら、隣にいる小夜を抱き寄せた。余吉は股間を密着させ、小夜とは微妙に違う温もりと感触を味わい、徐々に動きはじめた。

するとすると澪は自ら両脚を浮かせて抱え、意外なことを言ってきた。

「お尻に入れてみて。陰間《かげま》のように……」

「え……？」

澪の言葉に余吉は目を丸くし、まだ余韻に浸っている小夜も驚いて彼女を見た。

「前も後ろも、お前に初物をあげたい……」

澪はどうやら本気のようだった。幼い頃から男になりたいと思っていた彼女は、男同士の行為にも興味を持っていたのだろう。

「だ、大丈夫でしょうか……」

余吉は言いながらも、そろそろと身を起こし、陰戸の下で息づいている蕾を見た。

陰戸から滴る蜜汁にまみれ、可憐な蕾もヌメヌメと濡れて実に魅惑的だった。確かに澪は痛みには慣れているだろうし、生娘を散らしたときも痛みより快楽をより多く得ていた。

余吉も興味が湧いてきて、澪の肉体に残った最後の無垢な部分に、淫水に濡れた先端を押しつけていった。小夜も不安げに見守り、澪は覚悟したように目を閉じてじっとしていた。

三

「入れます。無理なら仰って下さいませ……」

余吉は言い、グイッと股間を押しつけていった。濡れて張り詰めた亀頭が、無垢な蕾を丸く押し広げ、ズブリと潜り込んだ。

「あう……」

亀頭が可憐な襞を掻き分けて入ると、澪は呻いた。襞は光沢を放つほどピンと広がり、今にも裂けそうなほど張り詰めた。

「大丈夫ですか」

「大事ない。もっと奥まで……」

余吉は膣とは違う感覚に興奮しながら、そのままズブズブと根元まで押し込んでしまった。もっとも一番太い雁首が入ってしまうと、あとは比較的楽に差し入れることが出来た。

股間が押しつけられると、白く丸い尻が心地よく当たって弾んだ。

澪は脂汗を滲ませ、じっと奥歯を嚙み締めながらも、モグモグと異物を確かめるように締め付けてきた。

小夜も心配そうに、横から息を呑んで見つめていた。

「突いて、中で出して……」

澪は声を絞り出すようにして言い、支えを求めるように小夜を抱きすくめた。

余吉も膝を突いて彼女の尻を抱え込み、様子を見ながらそろそろと腰を前後に動かしはじめた。

最初はきつかったが、次第に澪も痛みが麻痺し、力の抜き方も心得たようで、小刻みながら徐々に律動できるようになってきた。

「アア……、もっと強く……」

澪も、通常とは違う摩擦感覚に喘ぎ、陰戸からは新たな淫水を漏らした。

余吉も、小夜との交接から高まっていたし、長引いても痛いだろうからと、我慢せず絶頂を目指した。

そのうち夢中になり、ズンズンと彼女の尻に股間をぶつけるように激しく突き動かしてしまい、あっという間に昇り詰めてしまった。

「い、いく……！」

彼は突き上がる快感に呻きながら、ありったけの熱い精汁を勢いよく内部にほとばしらせた。膣内とは違った感覚だが、何しろ澪の無垢な部分を征服したと思うと快感以上に感激が大きかった。

「あう……、出ているのね……」

澪が噴出を感じ取り、小夜を抱きすくめながら呻いた。そして精汁を貪欲に飲み込むように、キュッキュッと肛門を締め付けてきた。

内部に満ちる精汁に、さらに動きがヌラヌラと滑らかになった。

余吉は最後の一滴まで出し尽くし、満足しながら動きを弱めていった。

そして力を抜くと、ヌメリと締まりの良さにより、一物が押し出されてツルッと抜け落ちてしまった。

まるで美女に排泄されたような、妖しい興奮の伴う感覚だった。

しかし一物に汚れの付着はなく、太いものをくわえ込んでいた肛門も、一瞬滑らかな粘膜を覗かせたものの、徐々につぼまって元の可憐な形状に戻っていった。もちろん裂傷もなく、その肛門に陰戸から溢れた蜜汁がヌラリと伝い流れていった。

「アア……、まだ中に入っているようだ……」

澪は息を弾ませて言い、それでも積年の願いを遂げたように、すっきりした表情になっていた。

余吉は、余韻に浸ろうと添い寝しようとしたが、

「待て……、すぐ洗った方が良かろう」

春本で読んだか、澪が身を起こして言った。そのフラつく身体を支え、小夜も立ち上がったので、余吉も起きて三人で勝手口へと行った。

まだ、外はしとしと小雨が降っていたが、蒸し暑いので心地よかった。

余吉が井戸端へ出て水を汲み、言われるまま一物を洗うと、澪と小夜も水を浴びて身体を洗い流した。行水用に井戸の周りには葦簀《よしず》も立てかけられているから、垣根越しに覗かれるようなこともない。

稽古直後と、子守の散歩帰りで汗ばんでいた二人も、ようやく水を浴びてさっぱりしたようだった。

「ね、どうか、こうして下さい……」

余吉は簀《す》の子《こ》に座り、立っている二人を左右に引き寄せ、それぞれ肩を跨がせた。

「何をする」

「ゆばりをかけて下さいませ……」

余吉は興奮に胸を弾ませながら言った。

「なに、なぜそのようなことを……」

「お美しい二人から、浴びせられたいのです」

「浴びせれば、もう一度出来るか。尻だけでは物足りない」

「はい、出来ます」

「ならば、かけてやろう。小夜も良いな」

澪が言うと小夜も頷いて、二人して彼の肩を跨ぎ、左右から股間を突き出してきた。

どちらの恥毛も水に濡れ、濃厚だった体臭は薄れてしまった。しかし新たな期待に、余吉自身はムクムクと回復していった。

二人は下腹に力を入れて尿意を高めた。どちらの陰戸も、陰唇の間から覗く柔肉が迫《せ》り出すように盛り上がって艶めかしく蠢いていた。

すでに体験している小夜はすぐにも出せそうだったが、主筋の澪が出さないうちはためらいがあるようで、高めたまま我慢していた。

しかし澪も、いくらも待たぬうちポタポタとゆばりを滴らせてきた。

「あう……、出る……」

澪は息を詰めて言い、たちまちチョロチョロと緩やかな放物線の流れを彼の右頬に注いできた。

すると小夜も放尿をはじめ、それぞれの流れが温かく彼の頬を濡らし、胸から腹、勃起した一物を心地よく浸してきた。余吉は興奮しながら左右に顔を向け、交互に流れを舌に受け、飲み込んだ。

　どちらも味や匂いは淡いが、勢いは頂点に達してきた。

「アア……、変な気持ち……」

　澪は彼の上で小夜と身体を支え合い、立ったままゆるゆるとゆばりを放った。

　余吉は二人の流れを味わい、夢のような快感と感激に包まれた。

　やがて二人の流れが治まると、彼はポタポタ滴る雫を舌に受け、割れ目に口を付けて余りのゆばりをすすった。すると、どちらも新たな淫水を漏らし、淡い酸味とともに彼の下の動きをヌラヌラと滑らかにさせた。

　済ませると、澪は頰を上気させながら小夜と一緒に股間を洗い流し、余吉ももう一度水を浴びて立ち上がった。

　そして三人で身体を拭き、全裸のまま布団へと戻っていったのだった。

「私も好きにしたい。小夜、こうして……」

　澪は小夜を仰向けにさせて顔に跨がり、女同士の二つ巴になった。そして互いの陰戸を舐め合いながら、上になった澪は余吉の方に尻を突き出してきた。

「余吉、後ろから入れて……」

余吉も膝を突いて股間を進め、四つん這いの澪の尻に迫った。その股の下には、小夜の顔があった。気が引けるが、望まれるまま先端を後ろから膣口に押し当て、ゆっくり挿入していった。

やはり肛門より、性器の穴の方がしっくりし、ヌルヌルッと滑らかに根元まで呑み込まれていった。

「ンンッ……！」

深々と貫かれ、小夜の股間に顔を埋めていた澪が熱く呻き、尻をくねらせた。

余吉は下腹部に当たって弾む尻の丸みを味わいながら、膣内のヌメリと温もり、きつい締め付けを味わった。

澪は余吉に挿入され、しかも真下から小夜にオサネを舐められているのだ。すぐにも高まり、自ら腰を前後させ、クチュクチュと湿った摩擦音を響かせた。

余吉も、真下から吐きかけられる小夜の息遣いを感じ、柔肉に幹を擦られて急激に高まっていった。

「い、いく……、アアーッ……！」

たちまち澪が白い背を反らせて喘ぎ、ガクガクと絶頂の痙攣を起こした。

同時に膣内の収縮が高まり、続いて余吉も、股間をぶつけるように突き動かしながら昇り詰めてしまった。

「く……！」

続けざまの快感に呻き、余吉はありったけの熱い精汁を内部に放った。

「あう、熱いわ。もっと出して……！」

噴出を感じた澪は膣内を締め付けながら呻き、彼も激しく動いて全て出し尽くした。

すっかり満足しながら動きを止めていくと、澪も力尽きたようにグッタリと小夜にもたれかかり、そのままゴロリと横になっていった。

その拍子に一物も引き抜け、余吉は移動して澪に添い寝し、腕枕してもらった。そして熱い濃厚な吐息を間近に嗅ぎながら、快感の余韻を味わった。

すると小夜がノロノロと移動し、淫水と精汁にまみれた一物にしゃぶり付き、吸い付きながら舌で綺麗にしてくれた。

「ああ……」

余吉は射精直後で過敏になった亀頭を舐められ、ヒクヒクと幹を震わせながら喘ぎ、澪の胸に縋り付いていったのだった。

四

「また雨だね。余吉、送っておやり。それから、これを澪様に」

菊枝が言った。昼過ぎまで晴れていたのに、急に曇って降りはじめてきたのだ。

余吉は傘を差し、訪ねてきた圭を入谷まで送っていくことにした。

今日は店が早上がりだったので、圭は菓子折を持って礼を言いに鶴屋を訪ねてくれたのである。

菊枝が持たせてくれた澪への土産は、羊羹《ようかん》だった。余吉は圭と並び、入谷へと向かった。

「実は、今の小料理屋に伊助さんが奉公に来たのです」

歩きながら、圭が言った。

「え……？　大丈夫なのですか。また付きまとわれたり」

余吉は心配して言ったが、圭はクスクス笑っている。

「もう大丈夫。一人の仲居さんと仲良くなったみたい。その人はたいそう気が強いので、もう伊助さんは尻に敷かれて、すっかり博打からも足を洗ったようです」

「そうですか……」

「それに私には、あの鬼娘なんかの家によく住めるなと言って、身震いしていました。よほど怖い目に遭ったのでしょうね」

圭は笑って言い、ようやく余吉も安心したものだった。

いま奉公している小料理屋は、ときわ屋のように夕食を出したり武士が密談をするような料亭ではなく、鬼子母神へお詣《まい》りに来た客への昼食が主だから、いつもそれほど帰りは遅くならないようだった。

「お武家との暮らしは慣れましたか」

「ええ、澪様はとっても優しく、お花の面倒を見てくれます。早くお金を貯めて長屋を借りて、いずれ恩返しが出来るといいですが」

「そうですね」

余吉は言い、やがて待合が近づいてくると、彼は激しい淫気を催してしまった。

「ねえ、少しだけ構いませんか。お花ちゃんの分まで飲んだりしませんから」

「ええ、いいですよ。じゃ少しだけ」

圭は答えて一緒に足早に待合へと入った。

二階の部屋に入ると、すぐにも二人は着物を脱ぎ去り、全裸になって布団に横になっていった。

例によって甘えるように腕枕してもらい、豊かな膨らみに顔を寄せると、濃く色づいた乳首からは、すでにポツンと白い雫が浮かんでいた。

余吉は、生ぬるく甘ったるい汗と乳汁の匂いに包まれながら、チュッと乳首に吸い付いていった。

すっかり慣れた感じで吸うと、生ぬるく薄甘い乳汁が心地よく彼の舌を濡らしてきた。

余吉はうっとりと味わいながら喉を潤し、もう片方の乳首にも吸い付き、滲んでくるヌメリをすすった。

「美味しい？　ああ……、いい気持ちよ……」

圭がうっとりと息を弾ませて言い、余吉は充分に味わってから、腋の下にも顔を埋め込んでいった。

腋毛に鼻を擦りつけ、乳汁とは微妙に違う甘い汗の匂いを嗅ぎ、悩ましく鼻腔を刺激された。さらに余吉は白く滑らかな熟れ肌を舐め下り臍から腰、ムッチリとした太腿まで移動して、脚を舐め下りていった。

足裏を舐め、汗と脂に湿った指の股の蒸れた匂いを貪り、爪先にしゃぶり付いた。

「アア……、清治郎様そっくり……」

圭が、足指の股を舐められ、喘ぎながら言った。

やはり小夜や圭の中には、よほど強烈に清治郎の存在が刻みつけられているのだろう。余吉はその性癖の後継者のようなものだった。

余吉は両足とも、味と匂いが薄れるまで爪先をしゃぶり、脚の内側を舐め上げ、顔を股間に迫らせていった。

圭も期待に息を弾ませ、両膝を全開にしてくれた。彼は白く張りのある内腿を舐め、すでに濡れはじめている割れ目に顔を押しつけていった。

柔らかく密集した茂みには、濃厚な汗とゆばりの匂いが馥郁と籠もり、彼は美女の体臭を貪りながら舌を這わせた。

トロリとした淡い酸味の蜜汁が舌を濡らし、彼は花を産んだ膣口の襞を掻き回し、オサネまで舐め上げていった。

「ああ……、いい気持ち……」

圭が顔をのけぞらせて喘ぎ、内腿でキュッと彼の顔を締め付けながらヒクヒクと下腹を波打たせた。余吉はオサネに吸い付き、チロチロと舌先で弾くように舐めながら味と匂いを堪能した。

そして腰を浮かせ、白く豊満な尻の谷間に顔を埋め込み、やや盛り上がったおちょぼ口の蕾に鼻を押しつけた。秘めやかな微香を嗅ぎながら舌先で蕾を舐め、中にも押し込んで粘膜を味わった。

「あう……、もっと……」

圭はモグモグと肛門で余吉の舌を締め付けながら呻き、彼の鼻先にある陰戸から新たな淫水をトロトロと漏らしてきた。

余吉は舌を引き離し、雫を舐め取りながら再びオサネに吸い付いていった。

「あうう……、いきそう、もういいわ。今度は私……」

絶頂を迫らせた圭が言って身を起こすと、余吉も入れ替わりに仰向けになっていった。

すると彼女は余吉を大股開きにさせ、その真ん中に陣取って屈み込み、先にふぐりから舐め回しはじめた。

「ああ……」

余吉は快感に喘ぎ、睾丸を転がされながら股間に籠もる美女の熱い息を感じた。

圭は充分に舌を這わせて袋を生温かな唾液にまみれさせ、肉棒の裏側を舌先でツツーッとゆっくり舐め上げてきた。

先端に達すると、粘液の滲む鈴口を舐め回し、亀頭にしゃぶり付いて喉の奥までスッポリと呑み込んでいった。

「あうう……、気持ちいい……」

余吉は温かく濡れた口の中に包まれて呻き、ヒクヒクと幹を震わせた。

圭は上気した頬をすぼめて吸い付き、スポンと引き離して身を起こしてきた。もう待ちきれず、すぐにも一つになりたいようだ。

茶臼（女上位）で跨がり、先端を陰戸に受け入れながら腰を沈ませてきた。

屹立した肉棒も、滑らかにヌルヌルッと柔襞の摩擦を受けながら根元まで呑み込まれていった。

「アアッ……、奥まで届く……」

圭が顔をのけぞらせ、完全に座り込みながら喘いだ。この硬さと大きさだけは、清治郎にはないものだったろう。

彼女は密着した股間をグリグリ擦りつけながら、身を重ねてきた。

余吉も両手を回して抱き留め、膣内の温もりと感触を噛み締めた。

圭はのしかかり、腰を上下させてきた。余吉も溢れる蜜汁のヌメリに合わせ、ズンズンと股間を突き上げはじめた。

するとと彼女が上からピッタリと唇を重ねてきた。

「ンン……」

熱く甘酸っぱい息を弾ませて鼻を鳴らし、舌を差し入れて彼の口の中を舐め回した。

余吉も舌をからめ、美女の口の匂いに酔いしれながら、ネットリと注がれてくる生温かな唾液で喉を潤した。

互いの腰の動きも激しくなり、ピチャクチャと淫らに湿った摩擦音も聞こえてきた。

「ああ、いきそう……」

圭が苦しげに唇を離すと、余吉はかぐわしい口に鼻を押しつけ、唾液と吐息の匂いにうっとりしながら突き上げを速めていった。圭も彼の鼻の穴を舐め回し、さらに鼻筋から頬、瞼まで舌を這わせ顔中をヌルヌルにしてくれた。

「い、いく……、気持ちいいわ、アアーッ……!」

たちまち圭が忙しげに声を上ずらせて口走り、ガクンガクンと狂おしく痙攣しながら気を遣った。

余吉もしがみつきながら股間を突き上げ、続いて大きな絶頂を迎えて快感に身悶えた。

同時に、熱い大量の精汁をドクドクと勢いよく内部に噴出させ、なおも美女の息の匂いを貪った。

「あうう……、いい……」

奥深い部分を直撃され、圭は駄目押しの快感を得て呻き、キュッキュッと艶めかしく膣内を締め付けてきた。

やがて余吉は出し切って満足しながら、徐々に動きを弱めていった。

圭も熟れ肌の硬直を解きながら、次第にグッタリと力を抜いて彼に体重を預けてきた。

「アア……、すごく良かったわ……、余吉さんのこれは、私にちょうどいい……」

彼女が満足げに声を洩らしながら、なおも名残惜しげに収縮を繰り返した。

余吉は過敏に反応してヒクヒクと幹を跳ね上げ、彼女の重みと温もりを受け止め、匂いに包まれながらうっとりと余韻を味わった。

圭は荒い呼吸を整えると、ゆっくりと股間を引き離して身を起こした。そして桜紙で手早く陰戸を処理し、濡れた一物も丁寧に拭き清めてくれた。

「お互い忙しい身だけれど、たまにしましょうね」

「ええ、ぜひ……」

言われて余吉も答え、やがて起き上がって身繕いをした。

圭も、そろそろ花に乳をやりに帰らなければならないのだろう。まだ奉公したてなので、今日は余吉が小遣いから待合の代金を払ってやった。

そして一緒に入谷へ行き、彼は菊枝からの土産だけ澪に渡し、そのまま上がらずに小雨の中を帰ってきたのだった。

五

「もう傘は持たずとも大丈夫だろう。いくら何でも梅雨は明けたろうね」

菊枝が言い、余吉は彼女の荷物を持って一緒に鶴屋を出た。

今日は顧客に品物を届けに行くのだが、店は千代に任せたのだった。もちろん他にも通いの奉公人がいるから大丈夫だろう。

来年は、余吉が婿に入るかも知れないので、菊枝は千代に若女将としての仕事を覚えさせはじめたようだ。

雨上がりの水たまりに青空が映っている。

微かに、空耳のように蟬《せみ》の声も聞こえたようだ。

やがて二人は仲見世の裏にある家へ品を届け、そのまま観音様へお詣りに行った。

さすがに人出は多く、二人はお詣りを終えると行き交う人たちを縫うように歩いた。物売りも、団扇《うちわ》や風鈴など、すっかり夏らしいものが増えている。

「少し遊んでいこうか。外でするのも滅多にないことだから」

菊枝は言い、彼と裏道に入って待合のある方へと向かった。

余吉も淫気に股間を熱くしながら歩き、やがて人通りの絶えた一角に入ると、二人は一軒の待合に入っていった。

二階の密室に入ると、座る間もなく菊枝はすぐ帯を解きはじめ、着物を脱いでいった。

余吉も脱ぎ、やがて二人は全裸になって布団に横になった。

「まさか、お前のおっかさんになるとはねえ。最初に手を出したときには夢にも思わなかったけれど……」

仰向けにした余吉に添い寝し、菊枝は近々と見下ろしながら言った。

まあ、まだ来年まで決まったわけではないのだが、やはり母親だから、千代の様子を見ていれば、気持ちが変わらないことぐらい分かるのだろう。

「手を出さない方が良かっただろうか」

「そんなことないです。初めての女になって頂いて、心から嬉しかったです」

余吉は答え、その証《あか》しのように屹立した一物を震わせた。

「そうかい、それなら良かった……」

菊枝は言い、腕枕してくれた。余吉も甘ったるい体臭に包まれながら乳首に吸い付き、舌で転がしながら柔らかな膨らみに顔中を埋め込んだ。

充分に味わってから、もう片方の乳首を含み、そっと歯で刺激しながら舐め回した。

「アア……、いい気持ち……」

菊枝がうっとりと喘ぎ、うねうねと熟れ肌を悶えさせはじめた。

余吉は腋の下にも顔を埋め、腋毛に鼻を擦りつけて濃厚な汗の匂いで胸を満たした。

「ねえ、女将さん。顔に跨がって下さい……」

「そんなこと、大事なお婿に……」

「だから、まだなっていないうちに」

言うと、菊枝も欲望に突き動かされるように身を起こしてきた。

余吉は跨がってもらう前に足首を摑んで引き寄せ、足裏に舌を這わせた。

「あん……」

菊枝は横に座って後ろに手を突き、小さく声を洩らした。余吉は指の股に生ぬるく籠もる、汗と脂の湿り気と蒸れた匂いを貪り、爪先にしゃぶり付いていった。

全ての指の股を舐めてから足を交代してもらい、充分に味わってから、ようやく彼は手を引き、菊枝に顔を跨がせた。

「ああ……、恥ずかしい……」

彼女は厠に入った格好になり、余吉の鼻先に股間を迫らせながら喘いだ。

余吉はムッチリと量感ある白い内腿に挟まれながら、悩ましい匂いの籠もる中心部に目を凝らした。

　割れ目からはみ出した陰唇は興奮で淡紅色に染まり、間からは白っぽい蜜汁も滲みはじめていた。光沢あるオサネは突き立ち、彼の視線と息を感じているだけで菊枝は高まってきたようだった。

　余吉は豊かな腰を抱え込んで引き寄せ、柔らかな茂みに鼻を埋め込んだ。隅々には熱気と湿り気が籠もり、汗とゆばりの匂いが程よく入り交じり、ふっくらと生ぬるく鼻腔を刺激してきた。

　舌を這わせ、陰唇の内側に差し入れていくとヌルッとした潤いに触れ、淡い酸味が感じられた。息づく膣口の襞をクチュクチュ掻き回し、ヌメリをすすりながら滑らかな柔肉をたどり、ツンと突き立ったオサネまで舐め上げていくと、菊枝の下腹がヒクヒクと震え、思わずギュッと座り込みそうなほど内腿を震わせた。

「アアッ……、いい気持ち……」

　菊枝は喘ぎ、特にオサネを自分から彼の口に押しつけてきた。

　余吉も舌先で弾くように舐め回し、滴る淫水を飲み込み、悩ましい美女の体臭に包まれて高まっていった。

　すると途中から菊枝が身を反転させ、逆さ椋鳥の形を取り、屈み込んで一物にしゃぶり付いてきた。

「ンン……」

スッポリと喉の奥まで呑み込み、熱い鼻息でふぐりをくすぐりながら吸い付いた。

余吉も快感に包まれながら懸命にオサネを吸い、さらに伸び上がって白く豊満な尻の谷間に顔を押しつけていった。

双丘に密着しながら蕾に鼻を埋め込み、秘めやかな微香を嗅いでから舌先で細かに震える襞を舐め回した。充分に濡らしてから舌先を潜り込ませ、ヌルッとした粘膜を味わうと、肛門がモグモグと舌を締め付けてきた。

菊枝は、そこよりオサネにしろというふうにクネクネと尻をくねらせたので、余吉も存分に舌を蠢かせてから、再び陰戸に戻ってオサネを吸った。

「ク……」

菊枝が呻き、クチュクチュと激しく舌をからめては肉棒を生温かな唾液にまみれさせた。

そして顔を上下させ、スポスポと濡れた口で摩擦し、やがてチュパッと引き離した。

「い、入れておくれ……」

彼女が言って身を起こすと、余吉は仰向けのまま茶臼を求めた。

「いけないよ。下ばかりに慣れては。来年お千代と一緒になってまで下ばかりでは、尻に敷かれるから上におなり」

言いながら彼を起こし、菊枝は入れ替わりに仰向けになった。

余吉は彼女の股間に移動し、屈み込んでもう一度舌を這わせ、陰戸の味と匂いを堪能してから顔を上げて、一物を進めていった。

幹に指を添えて先端を膣口に押し当て、ゆっくり挿入していくと、

「ああ……」

目を閉じた菊枝は、感触を味わいながら深々と受け入れていった。

彼はヌルヌルッと幹を擦り柔襞に包まれ、根元まで入れて股間を密着させた。そして感触と温もりを味わいながら、そろそろと身を重ねていくと、菊枝も両手を回してシッカリと抱き寄せてくれた。

「突いて……、強く、うんと奥まで……」

菊枝が色っぽい薄目で余吉を見上げて言うと、彼も激しく腰を突き動かしはじめた。

大量に溢れる蜜汁が律動を滑らかにさせ、クチュクチュと湿った摩擦音が聞こえ、揺れてぶつかるふぐりまでネットリとまみれてきた。

「アア……、いい、すごく……」

菊枝が顔をのけぞらせて喘ぎ、彼の背に爪まで立てて股間を突き上げてきた。

余吉は屈み込み、唇を重ねて舌をからめ、生温かな唾液をすすりながらジワジワと高まっていった。

「い、いきそう……、もっと深く……」

菊枝も熱く喘ぎながら何度も身を反らせ、汗ばんだ肌を密着させてきた。余吉の胸の下では豊かな乳房が押し潰れて弾み、小柄な彼は何度か全身を上下に揺すられながら腰を突き動かし続けた。

そして上も下も挿入したように彼女の喘ぐ口に鼻まで押し込み、白粉のように甘い刺激を含む息を胸いっぱいに嗅ぎながら昇り詰めていった。

「い、いく……！」

余吉は突き上がる絶頂の快感に呻きながら、ありったけの熱い精汁を勢いよく肉壺の奥にほとばしらせた。

「あう、熱いわ、いく……、アアーッ……！」

噴出を受け止めると同時に、菊枝も声を上ずらせて激しく気を遣り、ガクンガクンと狂おしい痙攣を開始した。

余吉は収縮する膣内に激しく突き入れながら、心ゆくまで出し尽くした。

出し切ってもなお強ばりが解けないので動き続けると、

「も、もう堪忍……、死んじゃう……、あぁッ……！」

菊枝は嫌々をして喘ぎながら、何度も熟れ肌を跳ね上げ、反り返らせて絶頂の波を受け止めていた。

ようやく余吉が満足して動きを止め、豊満な柔肌に身を預けると、菊枝も失神したようにグッタリと四肢を投げ出していった。

まだ膣内の収縮は続き、答えるようにピクンと幹が跳ね上がるたび、

「あう……」

菊枝は感じすぎて呻き、押さえつけるようにキュッときつく締め付けてきた。

余吉は美女の甘い口の匂いを嗅ぎながら、うっとりと快感の余韻に浸り込み、いつまでも肌の温もりに包まれていた。

彼女は力を抜いても、たまに思い出したようにビクッと肌を震わせた。

「お前、上手すぎるよ……、まあ私が仕込んだのだけれど……」

菊枝が、精根尽き果てたように力なく言い、荒い呼吸を繰り返した。当然彼女は、余吉が千代と情交していることぐらい察しているが、まさか澪や小夜、圭とまでしているとは夢にも思っていないだろう。

「どうか、これからもよろしくお願いします……」

余吉は重なったまま言い、呼吸を整えた。すると外から、さっきは空耳かと思った蟬の声が、今度ははっきり聞こえてきたのだった。

この作品は書き下ろしです。原稿枚数328枚（400字詰め）。

GENTOSHA OUTLAW BUNKO

艶《つや》女将《おかみ》

睦《む》月《つき》影《かげ》郎《ろう》

平成25年6月15日　初版発行

発行人――石原正康
編集人――永島賞二
発行所――株式会社幻冬舎
〒151-0051東京都渋谷区千駄ヶ谷4-9-7
電話　03(5411)6222(営業)
　　　03(5411)6211(編集)
　　振替00120-8-767643
印刷・製本―株式会社　光邦
装丁者――高橋雅之

幻冬舎アウトロー文庫

ISBN978-4-344-42041-0　C0193　　O-48-4

幻冬舎ホームページアドレス　http://www.gentosha.co.jp/
この本に関するご意見・ご感想をメールでお寄せいただく場合は、
comment@gentosha.co.jpまで。